Cabine commune

DELPHINE

BERTHOLON

Cabine commune

ROMAN

J'AI LU

— Je peux essayer ?

— Je vous en prie, madame. Les cabines sont communes.

LUNDI

— Mademoiselle ? MADEMOISELLE !

— Oui, madame. J'arrive. Je suis là. Je peux vous aider ?

— C'est trop grand.

— Vous trouvez ? Vous allez être serrée dans le 36...

— Non, ça baille.

— C'est un pantalon taille basse, il faut le porter à la pointe des hanches. C'est pour ça qu'il ne...

— Apportez-moi le 36.

— Bien madame.

— Hum. Je connais mon corps, tout de même !

— En même temps, c'est son métier...

— Oh, ça va ! Ce n'est qu'une... vendeuse.

— Salut Fabrice !

— Salut Louise...

— ... Bon dimanche ?

— Super. Mon cumulus a explosé, ma salle de bains, c'est le delta du Nil, et j'ai filé la moitié de mon salaire au plombier. Il me faut un café.

— Alors ? Ce 36 ?

— Parfait.

— Vous allez devoir le déboutonner pour vous asseoir... Vous êtes sûre ?

— Parfait, je vous dis. Vous pouvez disposer. Non mais je vous jure, ces gamines, elles se prennent pour Lagerfeld ou quoi ? C'est insensé.

— Louise, t'étais d'humeur kitsch, ce matin ?

— T'occupe. Je mets en valeur la collection.

— Oh ! Je croyais qu'il n'y avait personne.

— Non, non, venez, pas de problème. Plus on est de fous...

— Je ne m'y fais pas, à ce concept.

— ... ?

— La cabine commune.

— Ah ? Ça ne me dérange pas, moi. J'aime bien. Vous savez, c'est comme de partager sa salle de bains avec une amie.

— Hum. Si vous le dites.

— Caro, tu as un cintre accroché au derrière...

— Je veux un cadeau pour ma femme je suis très pressé j'ai un avion dans une heure montrez-moi ce que vous avez.

— *Bonjour*, monsieur.

— Elle est plus grande que vous et surtout elle a plus de poitrine. Vite !

— Vous aviez une idée précise ?

— Si je vous demande, à votre avis ?

— Bien. Un pull, un T-shirt, une jupe, une veste, un sac, une écharpe ?

— Je ne sais pas, n'importe !

— Elle est plutôt classique ? Plutôt moderne ? Quel âge a-t-elle ?

— Vingt-cinq ans. Écoutez, dépêchez-vous, je suis pressé je vous ai dit.

— Mademoiselle ! Mademoiselle !!! Eh oh ! **Du baTEAU !**

— OUI madame. On a beaucoup de monde, comme vous voyez. Excusez-moi monsieur, je reviens. Jetez un coup d'œil, en attendant. Madame ?

— Ce pull, là, celui qu'elle essaie. Je veux le même.

— Je vais vous le chercher. Taille M ?

— Taille S.

— Taille S. Bien sûr.

— J'annonce officiellement le grand retour de Mme Sinoque.

— Pour votre femme, je vous propose ce cardigan.

— Elle a horreur du vert

— Il existe en noir, indigo, rose indien…

— Non.

— D'accord. Sinon, ce sac à main. En veau glacé chocolat, on en est toutes folles dans la boutique.

— Faites voir ? Mouais… Des sacs marron, elle en a trente-six. La suite.

— Cette petite jupe… Comme elle est très fluide, elle s'adapte à toutes les tailles : c'est l'avantage.

— Trop courte. Vous n'auriez pas un chemisier, plutôt ?

— Si, nous en avons des dizaines. Mais vous connaissez sa taille exacte ? Un chemisier, c'est difficile, sans la personne… Cela dit, elle peut échanger.

— Non, non, on habite Bordeaux, il faut que ça aille. Je vous dis : plus grande que vous, plus de poitrine.

— 38… ou 40… Elle est carrée d'épaules ?

— Je n'en sais rien ! Bon, ce n'est pas possible. Le sac marron, c'est combien ?

— 225 euros.

— Trop cher.

— Si vous regardez votre montre toutes les trente secondes, c'est sûr, monsieur, on ne va pas y arriver.

— Le truc mauve, là ? C'est quoi ?

— Une écharpe.

— Combien ?

— 45 euros.

— Parfait. Je prends ça.

— Si je peux me permettre... Ça ne plaira pas à une jeune femme.

— Je m'en fous. Si je ne rapporte rien, elle va me faire une scène. Merci. Paquet-cadeau. Vite !

— Une des tenues s'est décrochée toute seule dans la vitrine, ce week-end...

— Allons bon. Le fantôme est revenu ?

— J'en ai bien peur.

— Et il ne t'est pas venu à l'esprit que le crochet était mal fixé, Mulder ?

— Je l'ai faite moi-même, cette tenue. Aucune de mes tenues ne s'est jamais décrochée. Tu entends, Caro ? *Jamais.*

— Ce truc qui brille sur la petite blonde, ça existe en Extra Large ?

— Allô Sam ? Il te reste un « Pin-up » en XXL ?

— Louise fait des émules ?

— Comme quoi... !

— Dites... Il est grossissant votre miroir, non ?

— S'il vous plaît, mademoiselle... Qu'est-ce que vous en pensez ?

— C'est ravissant.

— Vous trouvez ?

— La ligne est impeccable. Question longueur, il n'y a rien à toucher.

— Je ne sais pas.

— Marchez un peu. Vous êtes à l'aise ?

— Je ne sais pas...

— Quelque chose vous chagrine ? Vous voulez voir un autre modèle ?

— ...

— C'est vous qui allez la porter, madame, je ne peux que vous donner mon avis.

— Je crois que c'est ma tête qui ne me revient pas, aujourd'hui.

— Elle est parfaite, votre tête !

— Vous êtes mignonne.

— Qu'est-ce qui vous arrive ?

— Bahhhh… Vous savez ce que c'est, on vieillit. Enfin, non, bien sûr, vous ne savez pas… Vous verrez. Ce n'est pas drôle.

— Vous êtes très bien. Vous êtes grande, vous avez beaucoup d'allure.

— C'est vrai, j'ai cette chance. Heureusement. Quand on a été belle comme je l'ai été, ce n'est pas facile de…

— EHHH ! OHHH !

— Elle est où, Diane ? J'en peux plus…

— Elle est surbookée, elle a deux fax à passer.

— Ah, quand même ! Ça fait une éternité que je vous appelle. Le pull, là. Donnez-moi la taille M. C'est coupé n'importe comment, chez vous. Sinon, j'ai vu des chaussures à l'entrée.

— Oui ? Lesquelles ?

— Celles de l'entrée, je vous dis !

— Nous avons cinq paires en exposition à l'entrée, madame.

— Eh bien, apportez-moi les cinq, si vous ne comprenez pas. En 39.

— Ça va, Louise ? T'as ton regard « J'vais-en-estropier-une-à-coup-de-cintre » !

—  !!!

— Ah oui, j'ai croisé Mme Sinoque…

— Ouf. Me revoilà. Excusez-moi.

— **Elle a l'air gratiné, celle d'à côté…**

— Oui. Un peu. Ce n'est rien, on a l'habitude.

— Vous avez du mérite. Bon, la jupe, je la prends. Je suppose qu'il faut accepter son âge. Ça ne fait pas trop mémé, vous êtes sûre ?

— Sûre. Vous verrez, on va vous siffler dans la rue !

— Ha ha ha ! Vous êtes vraiment trop mignonne.

— Ehhhhhhh hoooooo !!!!!

— Une SECONDE ! Je suis désolée, je dois vous laisser… Passez une bonne journée.

— Merci pour vos conseils. Et bon courage !

— Caro, vas-y s'te plaît, je vais l'encastrer dans le mur.

— Bonjour, madame. Que puis-je pour vous ?

— Elle est où, l'autre ? La blonde ?

— Elle est occupée avec une cliente. Mais je suis là, moi.

— Je veux la blonde. J'attends.

— Louise… ? Elle veut « la blonde ».

— Chiottes. Merci quand même.

— Je t'en prie…

— Oui... ?

— Le pull, ça ne va pas. On dirait que j'ai des épaules de nageuse est-allemande. Pourtant, sur la fille d'à côté, c'était joli. Vous n'auriez pas une autre taille M, pour voir ?

— Une autre taille M, madame, ne changera rien. Ce sont tous les mêmes. Une taille L, par contre...

— Oups, pardon... Je peux ?

— Bien sûr, entrez mademoiselle, les cabines sont communes.

— Oui, d'ailleurs, je trouve ça scandaleux. On est dans une boutique de luxe, non ? On se croirait dans un vestiaire de rugby.

— C'est la volonté de la créatrice. La convivialité, vous voyez. Toutes nos boutiques sont comme ça.

— C'est n'importe quoi. Bon, le pull, tenez, je n'en veux pas. Le pantalon non plus finalement. Les chaussures... Elles sont d'un raide ! Où a-t-elle été pêcher ce cuir, on se demande. Et puis cette robe... Je ne sais pas. Elle me boudine.

— Peut-être faut-il essayer le 40...

— Du 40 ? Non mais vous plaisantez ? Je n'ai jamais fait de 40 de ma vie ! Ahhhhh, je suis exténuée. Je vais réfléchir, hein. Ouste, je me rhabille.

— ... Elles étaient combien, là-dedans ?

— Deux.

— Dingue. Les gens sont dingues.

— Les femmes sont dingues, tu veux dire. C'est bien pour ça que je me tape des mecs !

— Boucle-la, Fabrice. Regarde-moi ça. L'état des T-shirts... On ne peut plus les vendre.

— Fais voir... Hum... Teint n° 4, « Coucher de soleil sur la Riviera ».

— La Riviera mon cul.

— Louise... !

— Oh, c'est bon. Je suis fatiguée, là. Je vais fumer une clope.

— Celle-là, depuis qu'elle a un mec, elle fume comme un pompier !

— Vous êtes vendeuse ?

— (Non, non, je vide les cabines pour la gloire !)

— Pourquoi vous mettez des tailles américaines ? Vos jeans sont fabriqués en France, non ? On n'y comprend plus rien.

— Vous auriez cette veste en 44 ?

— Non madame. Elle n'existe pas.

— Même dans une autre boutique ?

— Non, elle n'a pas été fabriquée en 44.

— Même à la boutique de Châtelet ? Ou place d'Italie ?

— Elle *n'existe pas*, madame. Nulle part.

— Les femmes comme moi, ça existe pourtant, non ? Je ne suis pas si grosse que ça !

— Je suis navrée.

— Vous pouvez. Qu'est-ce que je fais, moi ? Je m'habille chez les femmes enceintes ?!!

— Fab, ils sont où déjà, les manteaux en WOO25 ?

— Dans le couloir. Du moins, vendredi, ils étaient dans le couloir. Si Diane ne transbahutait pas toute la boutique dès qu'elle a un pet de travers...

— Eh, Blondie ! Qui vous a permis d'entrer ?

— Je dois débarrasser la cabine...

— Sortez d'ici. Non mais, qu'est-ce que c'est que cette histoire ?

— Je vous rappelle que vous devez garder vos sous-vêtements, pour essayer les maillots de bain.

— Je vous demande pardon ?

— Eh bien... Vous savez... On n'essaie pas les maillots de bain sans culotte, c'est une question d'hygiène.

— D'hygiène ? Je suis sale ? J'ai l'air sale, mademoiselle ?

— Ce n'est pas le problème...

— Répondez ! Ai-je l'air SALE ?

— Pas du tout, madame... Mais pensez aux clientes après vous. Vous n'aimeriez pas porter le slip de quelqu'un d'autre, n'est-ce pas ?

— Qu'est-ce que vous insinuez ? Que j'ai des maladies ? Des champignons ?!

— Mais non... C'est une question de respect... Nous allons devoir le laver si vous ne le prenez pas, et nous ne sommes pas payées pour faire votre lessive.

— De... *respect* ? Tenez, votre maillot, tenez, je vous le rends, petite conne ! INCROYABLE ! INCROYABLE ! De respect ! Ah ! Non, ne vous retournez pas Blondie, regardez-moi ! Regardez comme j'ai l'air sale !!!

— Madame... S'il vous plaît... C'est une cabine commune, quelqu'un pourrait entrer...

— Et alors ? Il y a encore des gens qui n'ont jamais vu un derrière de leur vie ? Tenez ! Tenez ! Reprenez-le, votre maillot ! Vous n'êtes pas près de me revoir !

— **Dieu soit loué.**

— Excusez-moi ?

— Je n'ai rien dit.

— Oui ? Je préfère.

— Au revoir, madame. Bonne journée.

— C'est quoi, ce lundi ? On a la paix, d'habitude, le lundi !

— Je ne sais pas. La pleine lune ?!

— Bonjour... Excusez-moi de vous déranger... Dans une vitrine... J'ai vu un collier, avec des boules orange...

— Bien sûr, madame. Montrez-moi. Il fait beau aujourd'hui, n'est-ce pas ?

— Oh ! Oui, qu'est-ce que c'est agréable...

— Sûre qu'il a acheté sa femme sur Internet, celui-là.

— Oh ! là, là ! Oh ! là, là ! Vos bottes ! Elles sont sublimes !

— Merci.

— Elles viennent d'ici ? Elles sont où ?

— Non, c'est du vintage.

— Quoi ?

— Du vintage. De la fripe, si vous préférez.

— De la fripe... ? C'est-à-dire ?

— Ce sont des bottes d'occasion.

— Ah… Ça vient d'un dépôt-vente ?

— Non, Guerrisol.

— Guerriquoi ?

— Guerrisol. Un magasin qui vend des vêtements d'occasion.

— Oh… C'est déjà porté, c'est ça ?

— C'est ça.

— Où est-ce que je peux les trouver ? Donnez-moi l'adresse.

— Vous ne trouverez pas les mêmes, madame… Ce sont des pièces uniques.

— Des pièces *uniques* ? J'adore ! Donnez-moi l'adresse.

— Vous savez, je ne sais pas si… Enfin, il faut aimer chiner, vous voyez… C'est… Comment dire… Il faut un peu de courage. Ce n'est pas comme ici, il n'y a pas de vendeuses…

— Je ne comprends pas.

— C'est une friperie… Je ne peux pas mieux vous dire. Je voulais seulement vous prévenir.

— Donnez-moi cette adresse.

— Bien madame. Je vais chercher de quoi écrire.

— Bon app' Fab !
— Ouais, merci... Courage, fuyons !

— Je viens d'envoyer une bourgeoise chez Guerri...
— Quoi ? La blonde, là-bas ? T'es barjot Louise, elle va faire un infarct' !
— Les filles, il faut arrêter de bavarder. Écartez-vous.
— Bonjour, Diane... On ne t'a pas beaucoup vue, aujourd'hui !
— Ce n'est pas pour vous embêter, mais ils ont relancé l'opération « client-mystère ». Donc il faut être super super pros.
— On peut être pros et discuter un peu, quand même... On n'est pas des machines.
— Écoutez, la saison dernière, on n'a eu que 82 %. Je vise les 100 % cette fois. Je vous veux tous à fond. Si vous avez le moindre problème, vous venez m'en parler. Caroline, je peux te voir dans mon bureau ?

— Oui...

— Je redescends. Tu me rejoins, d'accord ?

— ... **Merde. Tu crois que c'est à cause de ce que j'ai dit ? Le truc des machines ?**

— Je ne sais pas. T'inquiète pas.

— Mince, c'est vrai, quoi. On se coltine toutes ces tarées à longueur de journée et on ne peut même pas discuter cinq minutes avec quelqu'un de normal ?!

— Dites, il est taille basse, ce pantalon ?

— Oui, un peu.

— C'est insensé ! On ne peut plus trouver un pantalon normal. Je suis consternée.

— Je sais madame, c'est la mode qui veut ça. Il faut prendre l'habitude... Je vous assure, on s'y fait.

— Ah non, je ne pourrai jamais m'y faire ! J'ai toujours l'impression que je vais le perdre, qu'il va tomber, et puis les collants dépassent. Et quand vous levez les bras, hein ? Je suis bibliothécaire, moi. Dans un lycée. Vous imaginez, si j'attrape un livre devant une flopée de mômes, et qu'on voit mon ventre à chaque fois ? Pire… ma *culotte* ?

— Vous exagérez… Nos pantalons ne sont pas taille basse à ce point. Vous devriez essayer celui-ci. Et puis ne vous inquiétez pas : la taille haute revient, tous les bureaux de style le prédisent.

— Oui, ce serait une bonne chose. Parce que toutes ces gamines avec le string à l'air, moi je vous le dis, c'est un appel au viol. Après, il ne faut pas s'étonner…

— Allô Sam ? Pantalon « Papy » taille 40.

— Je peux vous aider, peut-être ? Je vous vois tourner devant ce miroir comme une âme en peine.

— Cette veste… Je ne sais qu'en penser.

— Elle vous va bien.

— Vous dites ça parce que vous êtes vendeuse.

— Je ne suis pas payée à la commission, madame. Que vous la preniez ou pas, pour moi, c'est pareil. Donc, sincèrement, elle vous va bien.

— Oui ? Vous trouvez ?

— La couleur met vos yeux en valeur et la coupe est originale. Ça change de l'éternelle veste de tailleur.

— C'est vrai. Ça fait ressortir mes yeux. Et puis gris, ça va avec tout... Avec quoi pourrais-je la mettre ?

— Du noir, du beige... Même des couleurs plus vives. Vous le dites vous-même : l'anthracite va avec tout. Sur un chemisier blanc à poignets mousquetaires, par exemple, c'est très chic.

— Très chic... C'est le mot d'ordre : chic. J'aime être élégante. Avec mon mari, son travail... Il est pédégé, vous comprenez.

— Oh. Vous avez de nombreuses soirées.

— Non, pas tant que ça. Il ne m'emmène guère... Mais on ne sait jamais.

— Vous voulez voir un chemisier ?

— Il y a un pantalon assorti ?

— Une jupe.

— Une jupe ? Non, un pantalon.

— Ce modèle n'existe qu'en tailleur-jupe, madame, je suis désolée.

— Ah non, ce n'est pas possible ! Vous n'avez pas vu mes jambes !

— C'est une jupe longue... Je vais vous la montrer.

— Non. Je veux un pantalon.

— Il sera dans une autre matière.

— En ce cas, ce ne sera plus un tailleur, si je ne m'abuse.

— Nous avons d'autres tailleurs-pantalons, si vous voulez...

— Mais pourquoi diable n'a-t-elle pas fait de pantalon pour aller avec cette veste ? Ça me dépasse.

— Les créateurs, vous savez... C'est son choix. Un parti pris, pour ce modèle.

— Oui, eh bien mon choix à moi, c'est d'aller dépenser mon argent ailleurs.

— C'était bon ?

— Un pauvre sandwich du Monop'... Ils arrivent quand, les tickets resto ? Je vais choper le scorbut.

— …

— Oui ? Bonjour, mademoiselle.

— …

— … ?

— Louise… Je crois qu'elle est muette.

— … ?! Mince, t'as raison… Vouuuus-saaaavez-liiiire-suuuur-leees-lèvreuuuuhs ? Bon… Euh… Monnnntrez-moooiiii…

— …

— Cette robe ? Oui, bien sûr. Quelle taille vous faites… Mmmm… 38, ça devrait aller. Je vais vous la chercher. D'accord ? Je reeeeviennnns…

— Déjà qu'on est bilingue, maintenant faudrait connaître le langage des signes !

— Pssst, m'zelle ! C'te veste en cuir, c'est quoi le prix ? J'le trouve pas. C'est l'anniv' de ma sœur.

— Il est là, dans la manche… 1 300 euros.

— … ??? Au-revoir m'zelle, ravi de vous avoir connue !

— De même.

— Tenez... Vous me faites signe si vous avez besoin de moi. Je reste dans le coin. Je suis là. Juste lààààà, d'accord ?

— T'as vu comme elle est belle ? C'est trop triste.

— Elle n'a pas l'air malheureux.

— Si je ne pouvais pas parler, moi, je deviendrais dingue. Remarque, c'est Diane qui serait contente ! Ah ah ah, qu'est-ce qu'on se poile aujourd'hui !

— Alors, mademoiselle ? Trrrrès jooooliiii. Oui, oui. Vous aussi, vous trouvez ? C'est vraiment... 👍 !

— Vu comme elle est foutue... Sur elle, même un sac-poubelle ferait classe ! Regarde-moi ce cul... Y'a pas de justice.

— Caro...

— Ben quoi, elle est sourde !

— Excusez-moi... Bonjour. Ce que vous portez, ça se trouve où ?

— La jupe vient d'une ancienne collection, mais le gilet en Lurex est dans le couloir. Vous voulez l'essayer ?

— Le gilet tout seul... C'est l'ensemble qui est bien. Je ne sais pas.

— C'est une jupe noire toute bête. Vous avez sans doute l'équivalent dans votre armoire.

— Peut-être... D'accord. Je vais essayer le gilet. Mais, quand même, cette jupe... Vous ne l'auriez pas quelque part ?

— Louise, je vais déjeuner.

— Tu manges en bas ?

— J'ai des envies de meurtre. Faut que je prenne l'air.

— O.K. Bon air.

— Alors mesdames ? Tout se passe bien ? Qu'est-ce que je peux débarrasser ? Les vestes, c'est à vous ? D'accord. Et tout ça ? Non ? Personne ?

— Elle est partie... Elle vous a mis un beau bazar.

— On est là pour ça. Si vous avez besoin d'aide, n'hésitez pas.

— En fait… Je voulais… Cette robe, vous croyez que c'est bien ? Madame me dit que c'est bien, mais…

— Ah ! Oui ! Vous ne trouvez pas, mademoiselle ? Vraiment… d'une élégance ! Ça me donne envie de l'essayer ! Je pourrais l'essayer ?

— Vous faites la même taille. C'est notre dernier 42.

— Oh… Vous la prenez ?

— Je ne sais pas encore. Si vous dites qu'elle me va bien…

— Oui, enfin, elle fait peut-être un peu jeunette. Vous voyez, ces femmes d'un âge qui s'habillent comme des gamines ?

— …

— Je ne trouve pas qu'elle fasse trop jeune, madame, si je peux me permettre. On doit avoir un 42 dans une autre boutique, vous savez… Ce n'est pas utile de vous battre.

— Ah non, non, pas du tout, ce n'était pas mon but. Je lui donnais seulement mon sentiment.

— Oooffff... Je ne sais plus, maintenant. Je vais passer celle avec les petits pois. Vous voulez essayer la verte, en attendant... ?

— Oui, oui, c'est gentil. Donnez-la moi.

— Cas soc' cabine 3.

— Quelle tribu ?

— « Celle-qui-veut-tout-pareil-que-la-voisine ».

— Alors, mesdames ?

— Je la prends ! Au revoir !

— Mais...

— ... Vous la vouliez ?

— Je crois que je me suis fait coiffer au poteau.

— Je suis désolée. Je vais essayer de vous la trouver ailleurs.

— Celle à pois ne me va pas ! Regardez-moi ça, j'ai l'air d'un sac à patates. L'autre était parfaite...

— Non, madame, s'il vous plaît... Je vais vous la trouver. Ne vous mettez pas dans cet état... Ce n'est qu'une robe !

— Je sais, mais... Je suis trop gentille. C'est pareil pour tout... Je me fais toujours avoir. Je l'avais vue en premier ! C'est injuste.

— Asseyez-vous... Vous voulez un verre d'eau ?

— Là, c'est une robe, vous comprenez, mais ça a été mon mari, et puis ma maison, mes enfants... Je suis trop bête. Toute ma vie... C'est une malédiction, la gentillesse ! Les garces obtiennent toujours ce qu'elles veulent. Et moi... Voilà... Je suis là à vous pleurer dessus pour un bout de chiffon !

— Mais non. Vous devriez la plaindre. En plus, elle ne lui va pas, cette robe. Ce vert... ça lui donne un teint de navet.

— Pardon... Je suis idiote...

— Je vais chercher, d'accord ? Je vais consulter l'ordinateur, vous trouver un 42 et vous la faire mettre de côté.

— Merci... Vous êtes si gentille...

— Je vous en prie, madame. C'est normal. Séchez vos larmes. J'arrive.

— Dites, à ce prix-là, c'est fabriqué en... Roumanie ?!

— Louise, tu sais qu'elle est hantée cette boutique ?

— Mais bien sûr.

— Je te jure. C'est une ancienne boucherie. Le patron s'est pendu au milieu des steaks hachés.

— This ?

— Kawaï ! Kawaï !!!

— We have this one, too... Five colors...

— Kawaïïï !

— This ? O.K. And this ? Both ?

— Han han, han han.

— Ça ? No, it's the last one. O.K.... With short sleeves ?

— Han han, han han.

— Ça aussi ? Toutes les couleurs ?

— Han han hanhan han hanhanhan !

— O.K., O.K.

— Madame… ? Je suis désolée… La robe verte… Il n'y a plus un seul 42 dans toute la France.

— Il me serre, non ?

— C'est sa coupe. La taille est bonne.

— On voit ma culotte…

— Il faudrait porter un string. C'est un jean stretch.

— Un string ? Euh, non, je ne crois pas.

— Vous devriez choisir un autre modèle alors…

— Non, celui-ci me plaît. Ces petites surpiqûres roses, c'est tellement frais !

— Vous ne pouvez vraiment pas porter un string ? Parce que la marque du slip, ce n'est pas…

— Vous trouvez que j'ai une tête à porter de la ficelle sur le postérieur ? J'ai cinquante ans, mademoiselle.

— Bon… Je vais vous passer la taille au-dessus. Ça marquera moins, mais ce sera trop grand.

— Faites donc ça, passez-moi la taille au-dessus.

— D'accord. Je reviens.

— Un string ! On croit rêver.

— J'en porte, moi... Ma fille m'a convaincue. C'est vrai que c'est pratique.

— Si vous voulez mon avis, un string à notre âge, c'est de l'indécence. Enfin, chacun fait comme il veut.

— Alors, Caro ? Toujours pas de message ?

— Non. Je savais bien, j'aurais pas dû coucher le premier soir. Et ton Paul ?

— Il a quitté sa femme...

— Ah bon ? Ça arrive, ce genre de choses ?!

— Ohhhh ! Vous avez beaucoup plus de choix que chez Angèèèèèle !

— C'est qui, Angèèèèle ?

— La responsable du 16e.

— Samy chériiii ?

— Une seconde Fab, j'ai un bip dans le pied... Arrrgh... Hum... Tu disais ?

— T-shirt « Miss Hollywood » coloris « Blue Velvet » en M... T'es vacciné contre le tétanos, au moins ?!

— Attends, j'appelle ma mère.

— Bonjour. Alors je vous le dis tout net, je ne suis pas contente.

— Que se passe-t-il, madame ?

— Voilà. Voilà ce qui se passe.

— Ouh là... Qu'est-ce qui lui est arrivé ?

— Je vous le demande, ma petite.

— Vous l'avez lavé en machine...

— Pas du tout.

— Si, madame, vous l'avez lavé en machine. Je le vois bien. La laine mérinos se lave à la main et à froid, c'est marqué sur l'étiquette.

— Non ! Je ne l'ai pas lavé en machine ! Je ne l'ai pas lavé du tout !

— Il est devenu comme ça tout seul ?

— Exactement. C'est une honte. Appelez-moi le responsable.

— Diane ? On a un pull mérinos taille 4 ans… Elle veut voir un responsable.

— J'arrive. Benjamin, y'a moyen de baisser la musique ? Je ne m'entends plus penser.

— Bonsoir, madame. Un problème ?

— Voyez vous-même.

— Vous l'avez lavé en machine.

— NOOOOON !

— Le feutrage est typique, madame.

— Non ! Je veux qu'on me rembourse !

— Ce n'est pas notre faute, il n'y a aucune raison de…

— Remboursez-moi ! Remboursez-moi ou je fais un SCANDALE !

— Nous ne remboursons pas, madame. Au mieux, nous pourrions vous l'échanger.

— Quoi ? Mais c'est illégal ! Je vais porter plainte !

— C'est tout à fait légal. De surcroît, c'est bien gentil de notre part de vous le changer. Vous ne l'avez pas lavé correctement et...

— Je ne l'ai PAS lavé !!!

— Bien sûr. Louise, change le pull de madame. Dis à Benjamin que j'ai donné mon accord.

— Je le laisse à la caisse ?

— Oui. Merci, Louise. C'est exceptionnel, madame. Nous ne reprenons pas les articles dans cet état. Alors celui-ci, lavez-le à la main...

— Il faut vous le dire dans quelle langue, nom de Dieu ? Je ne l'ai pas lavé ! Pas lavé pas lavé pas lavé !

— Pouah ! C'que ça pue dans cette cabine !

— La mamie avec la robe à fleurs. Une infection. Je suis en train de fébrézer tout ce qu'elle a essayé.

— Allô la boutique ? Vous me rangez les modèles par taille, s'il vous plaît ?

— **Sir, yes sir.**

— Dites, ça ne va pas rétrécir ?

— **Youhou !!! Rentrez chez vous !!!** C'est pas vrai ça, tous les soirs c'est pareil. Tu tires la grille, t'éteins la musique, mais non, elles restent... **Bande de vieilles taupes.**

— Messieurs-dames ? Je suis désolée, nous fermons. En réalité, nous avons fermé depuis dix minutes. Vous comptez acheter quelque chose ?

— Je ne sais pas, ma femme hésite pour le blouson.

— Ces pulls et ces chemisiers, vous les prenez ?

— ... ? Monique... ?

— Je me tâte.

— La nuit porte conseil, revenez demain... Nous ouvrons à 10 h.

— Non, attendez... Cette chemise rose, je vais peut-être la prendre.

— Ils sont en train de clore les caisses, madame. Décidez-vous rapidement, ou bien revenez demain... Je peux tout vous mettre de côté, si vous voulez.

— Donnez-moi une minute. Chéri, viens voir…

— Je suis hors de moi. Attends, je rentre en moi-même.

— Allô la boutique ? Je ferme la dernière caisse, ou pas ? Ce n'est pas que je sois pressé, mais il est presque 19 h 30, là…

— ON SAIT PAS, BENJI !!! MESSIEURS-DAMES RÉFLÉCHISSENT !

— Bon, on va réfléchir. Au revoir.

— Diane, je te laisse vérifier mon sac ?

— Merci Caroline. Désolée pour le retard. Je compte sur vous demain matin, rapport au client-mystère, n'est-ce-pas ? Pro-pro-pro. Bonne soirée, les filles.

— Ce truc de montrer son sac, je ne m'y fais pas. Non mais je te jure. J'ai même jamais piqué un bonbon quand j'avais cinq ans.

MARDI

— C'est quoi, ce mot… ? « Faites la poussière dans toute la boutique + les vitres + les sols. Diane. »

— Normal, elle prend à 14 heures…

— Alors là, elle peut crever. Je ne suis pas femme de ménage, moi.

— J'ai vu une blouse en coton style vaporeuse avec des manches longues un peu ballon froncées aux épaules. Elle est où ?

— Ouh là, doucement. *Bonjour*. Elle était comment, cette blouse ?

— En coton, je vous dis, vaporeuse, noire, manches longues un peu ballon !

— Ça ne me dit rien du tout… Elle avait un zip, quelque chose ?

— Nan !!! Une blouse !!!

— Excuse-moi Fab, ça te parle, une blouse en coton noir, avec des manches longues ?

— Blanche ! Je vous ai dit blanche ! Ça fait trois fois !

— Excusez-moi, madame, j'avais compris noire. Fabrice ? Tu vois ce que ça pourrait être ?

— Pas du tout. On n'a pas de blouse en coton : c'est l'hiver.

— Madame, vous pourriez être plus précise ? On ne voit pas de quoi vous parlez.

— Oui, j'avais remarqué !

— … Vous l'avez vue quand, exactement, cette blouse ?

— Dans un magazine.

— Ah. Quel magazine ?

— J'ai oublié.

— Parce que vous savez, les parutions, ça peut être n'importe quoi. Un prototype, une ancienne collection, ou quelque chose que nous n'avons pas encore reçu…

— O.K., O.K., c'est bon. Vous ne savez pas ce que vous vendez, quoi. Merci de votre aide, vraiment, merci !

— La connasse au réveil, j'adore.

— J'espère que ce n'était pas la cliente-mystère...

— Ah ah ah. Je suis morte de rire, ça se voit pas ?

— Bonjour. Ce T-shirt, vous n'en auriez pas un autre ?

— Vous en voulez un deuxième ?

— Non, mais je ne veux pas celui d'exposition. J'en veux un sous plastique.

— Je vais demander en réserve, mais j'ai bien peur que ce soit le dernier. Je vérifie, d'accord ? Une seconde.

— Allô Sam ? T-shirt « Décroche-Moi-La-Lune » en IZ00 coloris « Cratère » taille L ?

— Je regarde.

— O.K.

— S'il vous plaît...

— Une seconde, madame. Vous voulez bien voir avec ma collègue ? La jeune femme en bleu, là-bas… Merci.

— Louise ? J'ai plus.

— O.K., merci Sam. Madame ? Vous avez entendu ? C'est le dernier.

— … !!??!!

— Celui-ci est très bien… On l'a sorti du stock ce matin, il n'a jamais été essayé.

— J'en veux un neuf.

— Oui, mais c'est le dernier. Et il est neuf.

— !!??!!☠!!!💣 !

— Vous voulez qu'on regarde dans une autre boutique ?

— Je ne peux pas courir à l'autre bout de la ville ! J'ai un métier, moi, mademoiselle.

— Oui, mais là, c'est le dernier. Je ne peux pas en inventer un autre.

— Tant pis. Gardez-le.

— On va sans doute être réassortis. Je peux prendre vos coordonnées et vous téléphoner si…

— Non. Il ne me plaît plus, finalement.

— Ce nouvel imprimé, il n'est pas facile-facile…

— C'est le moins qu'on puisse dire ! Perso, je trouve qu'il fait franchement mal aux yeux.

— Coucou !

— …

— COUCOU !

— C'est à moi que vous parlez ?

— À votre avis ?

— Je ne sais pas, madame. Je regarde autour de moi, je ne vois pas de coucou.

— Vous auriez la taille au-dessus ?

— Je vais vérifier.

— Hum. Elle est susceptible, cette petite, non ? « Coucou », ce n'est pas une insulte…

— Vous n'avez pas vu la salomé en 37 ? Bon Dieu, ça fait dix minutes que je cherche le pied gauche, la cliente va me tuer !

— T'as regardé en réserve ?

— Partout ! Je te jure, j'ai cherché partout. Je ne les vois même plus en boutique.

— On a dû se les faire piquer.

— Quoi ? La meuf serait partie avec un pied en 37 et un pied en 40 ?

— Elles ne sont plus à ça près...

— Formidable. Je fais quoi avec ma cliente ? C'est le dernier 37.

— Et là, c'est le drame...

— Elle l'a vraiment mal pris. Vous avez vu la façon dont elle m'a donné le pantalon ? Elle me l'a presque jeté à la figure ! Tout ça pour un malheureux « coucou »...

— Saaaalut. Je viens voir Diane, je suis Solaaaange.

— C'est sa matinée de repos.

— Mazette. J'avais oublié. Qui va pouvoir s'occuper de moi ? C'est la cataaaa...

— À nous trois, nous devrions réussir à vous venir en aide...

— C'est que, comprenez, je suis costumière. Pour le cinémaaaaa. Je vois avec Diane, d'habitude...

— Oui, mais elle n'est pas làààà. Revenez plus tard.

— Non non non. Flûte. C'est pour Sabine. Sabine Azémaaaaa. J'en ai absolument besoin aujourd'hui. Et puis j'ai encore mon Pierre à looker… Oh là là. Overbookée je suis, overbookée je resterai ! À chaque jour ses petits tracaaaaas… Vous, la blonde. Vous me faites faire le tour du propriétaire ?

— Mais bien sûr. À votre service.

— Non mais t'imagines ? « Coucou » ! Elle n'a qu'à me siffler, tant qu'elle y est ! C'est parce que je suis black ou quoi ?

— *Ma-de-moi-selle* ?

— … Oui ?

— Le pantalon est très bien. Merci. Je voulais vous dire… « Coucou », ce n'était pas… Enfin, je ne voulais pas vous froisser.

— Ce n'est pas grave, madame. C'est gentil de vous excuser.

— J'y tiens, j'y tiens. Vraiment, je ne voulais pas. Quelquefois, je suis tellement… comment dire… *tête de linotte* !

— C'est qui la pouffiasse en Versace avec Louise ?

— Une costumière de cinémaaaaaaaaaaa.

— Oh ! Çaaaa ! Super ! Le vert lui va à raaaavir ! En 38 et 40. Ahhhh ! Les chaussures ! Sublimissimes ! En 37. Et la toque ! Je VEUX la toque ! Formidable ! Ce sera un film grandiose, la toque, c'est complètement slave, j'adore, je suis toquée de la toque, ah ah ah !

— Les salomés... On est en rupture de 37.

— Mazette ! Vous êtes sûre ?

— Certaine. Je les ai cherchées toute la matinée.

— Horreur ! Elles sont parfaites ! Au Chââââtelet, peut-être ?

— Peut-être, je vais regarder.

— Oh ! pleaaaase ! C'est chic de votre part.

— Je peux déjà poser le reste à la caisse ? Ça devient un tout petit peu lourd, là...

— Faites, faites, je prends ! Mais je vous en supplie, trouvez-moi ces saaaalomés !

— Madame ? Il est interdit de fumer dans la boutique.

— … ?

— Fumer. C'est interdit. You can't smoke here.

— ???

— Forbidden ! Pffff-pffff-pffff ! FORBIDDEN !

— Ah, je vous attendais tel le messie ! Vous avez mes saaaaaalomés ?

— Je vous les ai réservées dans le 16ᵉ.

— Oh… Pas au Chââââtelet ? C'est si loin, la tour Eff'…

— Non, la dernière paire en 37 est dans notre boutique du 16ᵉ.

— On ne peut pas me les livrer à la prod' ?

— Je suis désolée, on ne livre pas… Surtout pour les prêts.

— Mazette. Si Diane était là, ça ne se passerait pas de la sorte. Flûte crotte zut ! Bon, je vais aller là-baaaas… D'un pratique ! Heureusement que j'ai mon scooter ! Et Pierre, mon

Pierre… Je ne vais pas m'en sortir. Zou, je file. Merci !

— Je vous en prie…

— Oh là là ! Déjà treize heures ! C'est la cataaaaa…

— Seulement treize heures ? Bon sang, ça ne passe pas. Écoute : mon estomac fait des bruits de moteur.

— Je t'assure Louise, je ne comprends pas. On a passé une super soirée…

— Bah… Les mecs…

— Les mecs ? Qu'est-ce qu'ils ont encore, les mecs ?

— Ah, Fab. Tu tombes bien. Pourquoi vous couchez avec une fille, vous faites love-love et puis vous ne rappelez jamais ?

— Je suis gay, je te signale.

— Ah oui, c'est vrai. Au temps pour moi.

— Allô la boutique ? Caroline est là ?

— Ah, Diane, t'es arrivée… ?

— Il y a 527 pièces à biper dans la livraison. Tu veux bien descendre aider Samuel ?

— Dites-moi jeune fille, 215 euros, ça veut dire quoi, en francs ?

— Hiiii !

— Aïe... Hello Miss Doplin ! How are you, today ?

— Fine, fine, fine, thank you *Louis'*. I need this thing, in the corridor... You know, the suit, the green leather suit ! Amazing ! It's a new one ? I haven't seen it last week... My God ! It's so beautiful ! And in the window : big blue hat, with jeans, and this incredible *corsage*... I want to be dressed exactly as the dummy ! I'm so excited, I gonna have a heart attack !!!

— Yes. Me too.

— Dimanche, je suis allé au ciné. Tous les acteurs portaient des fringues de chez nous. Je te jure, ça m'a gâché le film.

— Elle est où, la jeune femme noire… ?

— Elle est occupée au stock. Je peux vous renseigner ?

— Hein ?

— Je peux vous aider ?

— Elle est où, la jeune femme noire ? Ce matin, elle m'a dit de revenir avec mon pantalon… Elle devait être là !

— Vous venez pour une retouche ?

— … ?

— VOUS VENEZ POUR UNE RETOUCHE ?

— Il faut appeler la jeune femme noire… Elle a dit qu'elle serait là !

— Allô Caro ? Il y a une mémé sourde comme un pot qui demande après toi.

— … Je remonte…

— Elle arrive, madame.

— Hein ?

— LA JEUNE FEMME NOIRE ! ELLE ARRIVE !

— Je vous en supplie, aidez-moi !

— Qu'est-ce qui se passe ?

— C'est ma belle-fille... Chut ! Parlons à voix basse. Enfin, ma *future* belle-fille... Mon fils se marie...

— Félicitations !

— Non, vous ne comprenez pas. Sa tenue... Seigneur, venez voir... J'en suis malade. Aidez-moi à lui faire entendre raison...

— Allons, ça ne peut pas être si grave, calmez-vous. Bonjour, mademoiselle.

— Bonjour ! Il y a du 34, dans le treillis ?

— Je crois, oui... Mais... C'est pour votre mariage ?

— Ouais. J'ai envie d'un truc qui change. Le treillis crème, avec la veste, c'est marrant. Mon mec sera pareil, j'ai vu que vous faisiez presque les mêmes chez l'homme.

— Doux Jésus ! Clotilde... Ce n'est pas un bal costumé ! Je refuse que Grégoire se présente devant notre prêtre – le prêtre qui l'a baptisé... ! – en pantalon militaire !

— Béatrice, c'est blanc, ça fait mariage ! C'que vous êtes conservatrice !

— Mademoiselle... Vous voyez... S'il vous plaît !

— En même temps, madame, ce sont eux qui se marient.

— Par pitié, ne me dites pas que vous êtes de son côté !

— Disons que... C'est un choix... Et puis c'est plutôt réussi. Le treillis en satin crème, la veste façon smoking, c'est très élégant. Pourquoi pas ?

— Ah, je vois ce que c'est, la querelle des Anciens et des Modernes ! Jamais chez les de Marchelier une fille ne s'est mariée en pantalon ! C'est complètement... contre nature.

— Contre nature ! Carrément ! Oh, Béatrice... Ne faites pas cette tête. Y'a pas mort d'homme.

— Je suis sûre que tu fais ça pour m'embêter. N'est-ce pas ? Mademoiselle ! Elle fait ça pour m'embêter ! Clotilde, je t'en conjure... Je sais bien que tu ne me portes pas dans ton cœur, mais enfin, tu ne vas pas gâcher ton mariage juste pour me torturer !

— Mesdames, je vous laisse... Je suis dehors, si vous avez besoin de moi.

— S'il vous plaît, passez-moi le treillis en 34.

— La mamie avec Caro, tu ne trouves pas qu'elle ressemble à Michel Sardou ?

— Grave.

— Il faut mettre le pantalon, si vous voulez que je fasse l'ourlet, madame.

— Je reviens avec mon pantalon... Vous aviez dit que vous seriez là !

— Je suis là. Passez le pantalon, s'il vous plaît.

— Hein ?

— IL FAUT METTRE LE PANTALON !

— Je dois me déshabiller ? Non non non !

— JE NE PEUX PAS FAIRE L'OURLET SI VOUS NE L'ESSAYEZ PAS, MADAME.

— Hein... ?

— Ça va, Louise ? Si Diane t'attrape avec ton portable, tu vas te faire tuer.

— Paul voyait sa femme, ce matin. Je suis un peu inquiète...

— Qu'est-ce que tu veux qu'il arrive ? Qu'elle se suicide ?!

— Excusez-moi... Ce sac... Il sent.

— C'est le dernier, madame. Mais ça va passer.

— Quand même... Cette odeur...

— Il sort de la réserve, c'est pour ça.

— Je suis allergique.

— Il est neuf, l'odeur va partir, je vous assure. Vous le prenez, ou pas ?

— Oui, mais il sent... Ça me dérange.

— Eh bien, ne le prenez pas, alors !

— Si, si, je le veux. Je voudrais seulement qu'il ne sente pas.

— Ça va passer, je vous dis. C'est l'odeur du plastique, la housse qui le protégeait.

— Bon... Ah, mais quand même, il sent !

— Hier aussi, on a eu plein de tarés. Je sens venir la semaine-qui-tue.

— Selon Fab, c'est une histoire de pleine lune.

— Ouais ! « La semainc des clientes-garou » !!!

— Allô... ? Vous êtes toujours là ? Je ne sais pas, ça coupe... Ah, le tunnel... Très bien... Il était comment, ce manteau... ? Oui, je suis en boutique, là, je cherche... Non, mais nous en avons des dizaines vous comprenez... Marron, oui... Avec le col claudine ou le col offi... Allô ? Allô ?! Écoutez, vous ne pensez pas que ce serait plus simple de venir, parce que... Allô... ? Un cache-cœur ? Noir ? En laine ou en coton ? Oui, il y en a deux, alors moi, je ne suis pas devin madame... Oui, mais... Je ne peux pas vous mettre toute la boutique de côté... ALLÔ ?! Elle était comment, cette robe ? Vous ne connaissez pas la référence, bien sûr ? Son nom ? D'acc... Allô ?! Écoutez, venez faire vos courses ici madame, parce que là, ce n'est pas possible, en plus j'entends un mot sur deux... Ne vous énervez pas, ce n'est tout de même pas ma faute si...

— Bon, on a tout laissé en cabine, hein... Nous, on va déjeuner. Le shopping, ça creuse ! Où tu veux aller, Soph' ? Au Little Pickle ? Bonne idée, leur salade de poulet grillé est à mourir ! Louise, vous nous mettez tout ça de côté ? On compte sur vous ! À tout à l'heure !

— La brune, elle n'a pas échangé son mari et ses gosses dans une émission de télé ?

— Allô ?!!! Des pulls ? À peu près 250 !!! Toutes les tailles, toutes couleurs, toutes les formes, toutes les mailles ! Oui, des cardigans aussi... All... Qu'est-ce qui se passe ? Le Samu ?! Formidable, ça vient de m'atomiser le tympan. Non, non, vous pensez... ! Ben voyons ! Allô... ? Allô... ? Je ne vous entends plus, là... Crrrrrrrr... Allô, allô... Crrrrrrrr. Je n'entends plus ! Allez, au revoir !... Non mais faut pas se foutre de la gueule du monde, on n'est pas aux 3 Suisses !

— M'sieur, tu restes comme ça toute la zournée ?

— Oui.

— T'as pas de droit de bouzer ?

— Non.

— Pourquoi ?

— Je suis le vigile.

— C'est quoi levizil ?

— Je surveille la porte.

— Pourquoi ?

— Pour que des petits garçons comme toi ne sortent pas dans la rue et risquent de se faire écraser, par exemple.

— Et t'as vraiment pas le droit de bouzer ?

— ...

— Ouais mais si ze sors, tu vas bien bouzer !

— QUENTIN ! REVIENS ICI !!!

— Jeune homme ?

— Oui ?

— J'ai demandé un caban en cuir... À une blonde... J'attends toujours.

— Elle va revenir, ne vous inquiétez pas.

— Je n'ai pas que ça à faire ! Vous ne voulez pas aller me le chercher ?

— Madame, ça fait deux minutes qu'elle est partie... Regardez, la voilà.

— Le caban. En 38.

— Vous avez mis le temps !

— Excusez-moi madame, j'ai dû défaire toute la vitrine pour vous le décrocher... Tenez... Alors ? Qu'est-ce que vous en pensez ?

— Non, c'est moche. Et puis le cuir est trop lourd. Merci quand même.

— Mais de rien...

— Les TPE sont encore en panne, on vient de bousiller l'AmEx Platinium d'une Italienne. Paraît qu'elle veut nous faire un procès.

— Je m'en fous. Je vais déjeuner.

— Mademoiselle ? Ce pantalon en velours, vous n'auriez pas le même en taille basse ?

— Eh non ! C'est l'exception qui confirme la règle.

— ???

— Tous nos pantalons sont taille basse, sauf celui-ci.

— Zuuuut. C'est celui-là que je voulais.

— J'ai vu un manteau dans le couloir... Rayé rouge. Je n'ai pas trouvé le 40.

— Allô Sam ? Manteau « Youpi Tralala » en R215 taille 40.

— ...

— Sam, tu m'entends ?... Il déconne l'interphone, ou quoi ?

— T'énerve pas Caro, il vient de partir déjeuner.

— Merde. Madame ? Je descends vous le chercher au stock, d'accord ? J'arrive.

— Quentin ! Viens ici ! Quent... Seigneur, je ne vais pas y arriver.

— Il est mignon.

— Il va vous défaire toutes les piles... Quentin ! Reste près de maman ! Je suis désolée, il est infernal en ce moment... La robe, qu'est-ce que vous en dites ?

— Vous en êtes à combien ?

— 6 mois.

— Vous devriez prendre la taille au-dessus, vous pourriez la porter jusqu'au bout.

— Elle ne risque pas d'être trop longue ? QUENTIN ! Reste ici j'ai dit ! J'ai peur qu'il se sauve dehors...

— Je vais le surveiller. Je le surveille, Louise, OK ?

— Merci, Fab. Ne vous inquiétez pas, Fabrice est formidable avec les enfants.

— C'est gentil.

— Je vous montre la taille L ? Pour la longueur, on retouchera si besoin, ce n'est pas un problème.

— D'accord, je vais l'essayer... Seigneur, j'espère que le second sera plus calme !

— Il a des gosses, ton vieux ?

— Il n'est pas vieux, Fabrice, il a quarante-cinq ans.

— Ouais, c'est bien ce que je dis.

— Elle est passée où la dame pour le « Youpi Tralala » ?

— Je ne sais pas...

— Elle est partie ? J'y crois pas. Elles font les magasins, mais t'as toujours l'impression qu'elles ont un train à prendre ! Bon... Ben, je redescends... Depuis que je bosse ici, j'ai le derrière en béton !

— Mademoiselle, s'il vous plaît... Vous la trouvez beaucoup trop grande ?

— Faites voir... Non, la carrure est bonne. Par contre, elle flotte un peu sur les côtés, cette veste est plus cintrée en principe. Ce n'est pas choquant outre mesure, mais on pourrait la reprendre un peu, si vous voulez.

— 34, c'est ce que vous avez de plus petit ?

— Oui.

— Je sors de l'hôpital, j'ai perdu beaucoup de poids. Je ne sais plus comment m'habiller.

— Ah ! Mince. Vous avez bonne mine, pourtant.

— Ça commence à aller mieux, je vois le bout de ma rééducation... Huit mois que je n'avais pas mis le pied dans une boutique ! Moi qui aimais tellement le shopping...

— J'imagine, ça n'a pas l'air marrant, votre truc.

— Atroce, j'ai l'impression d'avoir 80 ans. Je me traîne, tout est compliqué... Les leggings noirs, je ne peux pas les essayer, c'est trop galère. Taille S, ce sera bon, vous pensez ?

— Ils plisseront un peu, mais c'est la mode. Et puis vous allez reprendre du poids, maintenant... De toute façon, vous pourrez échanger, si ça n'allait vraiment pas.

— Mmmm. Comme ça, j'essayerai tranquille à la maison. Les singeries que je dois faire pour enfiler un pantalon...

— Qu'est-ce qui vous est arrivé ?

— C'est à se tordre de rire : une peau de banane. Prothèse complète de la hanche.

— Allô la caisse ?

— Yep !

— Benji, tu ne pourrais pas baisser la musique ? Je te jure, ici, c'est le Macumba Night !

— La robe de l'affiche, où est-elle ?

— Ici, madame. Juste en dessous.

— Où ça ?

— Là. Devant vous.

— Non, ce n'est pas la même. Sur l'affiche, elle est orange. Celle-ci est rouge.

— C'est la lumière. La photo a été prise lors du défilé. Les flashs et les spots ont faussé la couleur.

— Qu'est-ce que vous me racontez ? Où est cette robe ?

— C'est celle-ci, je vous dis ! Il n'y en a pas d'autre.

— Ne me prenez pas pour une imbécile. Je vois bien que ce n'est pas la même. Si vous ne l'avez plus, il suffit de me le dire.

— Madame, c'est celle-ci, je vous le certifie. Pourquoi vous mentirais-je ?!

— Je vais demander à quelqu'un d'autre. Vous êtes incompétente.

— Messieurs-dames, ça allait, le chemisier ?

— Parfait. Mon mari me l'offre. Hop, je fais comme si je ne savais pas ce que c'est. Oh ! Mon amour ! Un cadeau ! Mais qu'est-ce que c'est ?! J'adore les surprises ! Oh là là... ! C'est ravissant ! Merci, chéri ! Qu'est-ce que tu as bien choisi !

— L'autre, elle ne trouve rien à sa taille. Bientôt, ça va être de ma faute si elle bouffe du Nutella.

— Je me suis permis... J'ai regardé l'étiquette de votre redingote, pendant que vous essayiez le trench... Elle vient d'ici ? Je ne l'ai pas vue, dans le magasin.

— Ça m'étonnerait qu'ils la fassent encore, je l'ai depuis dix ans !

— Eh ben, au moins, c'est de la bonne qualité...

— C’est mieux, comme ça ? Vraiment, si j’étais vous, je ferais l’ourlet plus long…

— Vous n’êtes pas moi. Merci, mademoiselle.

— Je dois avoir une force de persuasion zéro. Au final, elles font toujours comme elles veulent.

— Ouh là là ! Je suis pressée je pose mes valises hein, j’ai vu des souliers violets dans la vitrine, il me les faut vite vite en 36 !

— Excusez-moi jeune fille, il reste un article dans cette cabine… Vous pourriez débarrasser ?

— C’est un cache-visage, madame.

— Quoi ?

— Un cache-visage. Un morceau de tissu que l’on pose sur le visage pour éviter de tacher les vêtements avec le maquillage pendant les essayages. Malheureusement, personne ne l’utilise…

— Jamais entendu parler d’un truc pareil.

— Ce jean, il ne va pas se détendre ?

— Non, il y a de l'élasthanne.

— Vous savez, je déteste quand ça se détend, et puis j'ai deux kilos à perdre.

— Ça ne se détendra pas, je vous assure.

— Comme j'ai deux kilos à perdre…

— Oui mais là, si je peux me permettre, il vous serre un tout petit peu, non ? Alors même avec deux kilos de moins, ça ne risque pas de flotter, rassurez-vous.

— Vous êtes vraiment sûre que ça ne va pas se détendre ? Parce que je déteste ça…

— Oui madame, je suis sûre. Ça ne bougera pas.

— Avec mes deux kilos… Il ne faut pas que je prenne le 24 ?

— Le 26 vous serre déjà, vous voyez bien ! Vous n'allez pas perdre l'os de la hanche, si ?

— Parce que… Je ne sais plus, moi. Regardez ce qu'ils m'ont vendu ! Pas chez vous, hein… Je peux vous montrer ?

— … Oui…

— Mademoiselle, je pourrais vous demander quelque chose, *moi aussi* ?

— Bien sûr, dites-moi.

— Je vous montre le jean qu'ils m'ont vendu, hein...

— 💣☠💥 !!!

— Je m'occupe de Madame un instant, d'accord ? Enfilez-le en attendant, je regarderai. Je vous écoute, madame.

— Je ne sais pas quoi faire avec ces jupons.

— Je vous ai vue essayer les trois. Je vous aime bien dans le gris.

— Moi, je ne m'aime pas. Les deux autres non plus, ce n'était pas terr...

— Regardez ! Regardez !!! Il baille de tous les côtés !

— Oh, vous permettez ?! Ça fait vingt minutes que vous accaparez la vendeuse ! Vous n'êtes pas toute seule !

— Ouh là, allez-y, je vous en prie...

— Donc. Les jupons. Ça ne va pas. Qu'est-ce que vous avez d'autre ?

— Toujours des jupons, ou des jupes en général ?

— Un jupon. Je veux un jupon qui m'aille. Ça devrait se trouver, non ? Je ne suis pas difforme !

— Je vais voir ce que j'ai. Quant à vous, effectivement, cette coupe ne vous convient pas.

— C'est le responsable qui m'a vendu ça ! Le responsable !!! Pourtant, je lui ai parlé de mes deux kilos à perdre...

— Oui, j'imagine.

— Bon, vous vous occupez de mes jupons ?!!!

— J'y vais madame. Pardonnez-moi, je n'ai pas encore le don d'ubiquité.

— Caro, HELP ! Alerte aux psychos cabine 2. Tu peux les faire patienter ?

— Voilà. Ce sont les cinq autres jupons que nous avons en boutique.

— Le *responsable*, vous vous rendez compte ?!

— Ça, je n'aime pas. Ça non plus, la couleur est atroce. Je vais essayer les autres. C'est vraiment tout ce que vous avez ?

— Parce que j'ai deux kilos à perdre, alors...

— Ils ne veulent pas vous l'échanger ? Enfin, avec une grosse ceinture, c'est portable. Il ne baillera plus.

— Le vôtre, il ne va pas se détendre, dites ?

— Non, il y a de l'élasthanne.

— C'est ce que je lui ai dit.

— Avec mes deux kilos de trop, je ne devrais pas essayer le 24 ?

— J'en peux plus... Fab, tu veux bien venir une minute ?

— Oui ?

— Ce jean, il va se détendre ?

— Non, il y a de l'élasthanne.

— Elle devrait prendre la taille en dessous ?

— Ah non, il est déjà trop petit ! Vous ne le trouvez pas trop petit, madame ?

— C'est que... J'ai deux kilos à perdre...

— Bonjour, je cherche une robe. Je veux être HYPER HYPER sexy.

— C'est pour une occasion particulière ?

— Le mariage de mon ex.

— Là bas... Il y a une folle qui n'arrête pas de parler de ses kilos... Je ne la supporte plus. Je peux changer de cabine ?

— Mademoiselle ?

— Oh ! Bonsoir, madame ! Vous allez bien ?

— Ça va, merci... Vous savez, je suis passée à l'adresse que vous m'aviez indiquée... Guerrisol... C'est un magasin pour... clochards !

— Je vous avais prévenue.

— Mais... Vous travaillez ici et vous êtes obligée de vous habiller... *là-bas* ?

— J'ai BESOIN qu'on m'aide... ! Il n'y a plus personne ?

— Ah, Sam ! Viens, c'est ton tour. Je vais débarrasser la cabine, je ne veux pas louper ça !

— Oui ?

— Jeune homme, ce jean… Il ne va pas se détendre ? Je déteste quand ça poche aux genoux, vous voyez ?

— Ça ne pochera pas, il y a de l'élasthanne. Regardez, c'est comme le mien.

— Il plisse, le vôtre…

— À force de le porter, des plis d'aisance se créent à l'arrière, c'est normal. Mais dès qu'on le lave, le coton se resserre.

— Plis d'aisance, appelez ça comme vous voudrez, je ne veux pas qu'il se détende.

— Aucun risque. J'ai le mien depuis quatre ans, il ne s'est jamais détendu. En plus, je travaille au stock, je fais toutes sortes d'acrobaties. Un vrai crash test.

— Comme j'ai deux kilos à perdre, ça m'inquiète…

— Bon, je vous fais l'ourlet, ou pas ? On ferme, là.

— Ne le faites pas trop long, parce que si ça poche…

— Ça ne POCHERA PAS !!!

— Elle est complètement malade, la femme dans la 2...

— Complètement.

— Vous êtes du magasin ?

— Plus à cette heure-ci.

MERCREDI

— Caro ? Le café est prêt.

— Chouette. J'ai gobé un Lexo hier soir tellement j'étais énervée. J'ai la tête dans le string.

— S'il vous plaît ? Je voudrais un chemisier.

— Oui, lequel ?

— Montrez-moi ce que vous avez. Je suis fatiguée, je reste en cabine. Taille 40.

— C'est que... Nous en avons un certain nombre... Plutôt imprimé ? Uni ? Droit, cintré... ?

— Je veux voir TOUT ce que vous avez. Activez, j'ai une réunion de la plus haute importance.

— Il serait plus simple de faire un petit tour dans la boutique, non ? Ne serait-ce que pour un premier repérage...

— Vous ne voulez pas travailler ou quoi ?

— Mademoiselle, « Unique », ça veut dire pièce unique ?

— *Taille* unique. Navrée.

— Ce modèle n'existe qu'en noir et en blanc, n'est-ce pas ?

— Oui madame.

— Il n'y a pas d'autres coloris ?

— Non... donc.

— En bleu non plus ?

— Non plus.

— Hummm... En rose ?

— Vous avez des waters ?

— Non, je suis désolée.

— Hein ? Vous faites comment, vous ?

— Ils sont au sous-sol. Pour des raisons de sécurité, ils sont réservés au personnel.

Excusez-moi, je dois apporter ces chemisiers à une dame…

— Je suis cliente, et le client est roi ! Emmenez-moi aux waters !

— Je n'ai pas le droit. Je sais, c'est pénible. Mais vous avez le café, juste à côté. Ils sont sympas. Allez-y de notre part, ils ont l'habitude…

— C'est un scandale. Un vrai scandale. Des raisons de sécurité… Qu'est-ce que vous croyez ? Que je vais vous voler ?

— Mais non… C'est le règlement… Allez au café madame, il n'y a aucun problème. C'est la porte d'à côté. Pardonnez-moi, je dois vraiment retourner en cabine, elle va s'impatienter.

— Et tu ne sais pas ce qu'il me sort, ce gros con ? « Danielle, vous pensez trop. » Si, je te jurrrre ! Que veux-tu que je réponde à ça, hein ? Alors je lui dis…

— Voilà madame. J'ai sélectionné douze chemisiers en 40.

— CHUT ! Vous ne voyez pas que je téléphone ?!

— Bientôt, les meurtres en boutique par des vendeurs excédés vont se généraliser. Ce sera comme les accidents de la route, tu vois. Les autorités essayeront bien d'endiguer le phénomène, mais y'aura rien à faire. Un mal nécessaire, quoi !

— Vous n'auriez pas un autre 36 ?
— Vous le voulez en double ?
— Non, mais ce gros machin, là...
— C'est l'antivol, madame... Ils vont vous l'enlever à la caisse, vous savez.

— ... Jeunes gens... Euh... Je crois qu'il y a un problème...

— ... Diane ?
— Quoi ! Je suis occupée, Louise, tu vois pas ?
— Pardon. C'est une urgence. On a refusé l'accès des toilettes à une dame, et...

-- Seigneur ! Elle a... **pissé dans la cabine ?!**

— Je crève de chaud.

— On ne sait jamais comment s'habiller dans cette boutique. Un coup c'est tropical, un coup c'est le pôle Nord. Alors moi, je fais l'oignon...

— S'il vous plaît mesdemoiselles, j'ai téléphoné hier, j'ai fait mettre de côté à mon nom une veste de tailleur... La couleur... Comment dire... Une sorte de gingembre ? Avec des petits boutons travaillés... façon orfèvrerie... ou dentelle, plutôt. Je crois qu'ils étaient dorés... ou cuivrés ? Dans une matière un peu fluide...

— Donnez-nous votre nom, madame. Ce sera plus simple.

— La femme, là-bas... C'est une écrivaine. Elle a raconté sur trois cents pages comment elle se faisait prendre par-derrière dans des clubs échangistes.

— Ah ouais ? On dirait pas...

— Vous êtes du magasin ?

— (Non non, j'ai un trouble obsessionnel compulsif...)

— C'est sympa, non ? Ça fait jeune...

— Oui, c'est bien.

— Mmmmmm... C'est vraiment sympa ! Sur moi, c'est sympa ? Je veux dire, c'est sympa dans l'absolu, mais il faut que ce soit sympa sur moi !

— C'est sympa, madame.

— Bonjour, je cherche un cadeau...

— Bonjour monsieur. Dites-moi tout.

— En fait, je voudrais une jupe. Ni courte, ni longue...

— Au genou ?

— Oui... Par là... Plutôt noire.

— D'accord. J'ai exactement ce qu'il vous faut, regardez. Celle-ci est en crêpe de polyester, droite et entravée.

— Entravée ?

— Vous savez, comme les héroïnes d'Hitchcock ? Elle oblige à faire de tout petits pas, c'est très sexy !

— Vous la vendez bien !

— C'est gentil.

— Malheureusement, ma mère n'est pas une femme très sexy...

— La musique, là... Ça me déprime ! C'est quoi encore, cette chanson française à écouter devant sa cheminée avec un serre-tête ?!

— Vous ne semblez pas trouver votre bonheur, mesdames... Besoin d'aide ?

— Nous sommes venues pour ma fille. Il lui faut une tenue sérieuse pour passer son examen.

— Ouais. Sauf que j'ai l'air déguisé, là. Genre Marylin Manson passe le CAP.

— Noir, ça reste gothique, chérie...

— Sérieux mademoiselle, vous trouvez pas que j'ai l'air déguisé ?!

— Vous savez quoi ? Je suis allé chez l'ostéopathe ce matin. Paraît qu'il va m'oxygéner le cerveau.

— Ah ouais ? C'est pas trop tôt...

— Ahhhhhhhhh ! Il y a un rat ! Un RAAHHHHHHHHHH !

— Sid Vicious ! Reviens ici !

— AHHHHHHHHHHHHHHHHHHHHH!

— Mesdames, calmez-vous... Descendez du paquebot. C'est l'animal de compagnie de la demoiselle.

— **Je suis vraiment navrée... Elle ne sort jamais sans cette bestiole...**

— J'habite au Venezuela, vous comprenez. Là-bas, c'est fou ce que les femmes s'habillent !

— Des robes de cocktail ?

— Oui, oui, à l'américaine ! Par contre, elles portent toujours la même tenue. La femme de l'ambassadeur, ça fait des années que je la vois avec son fourreau en organdi noir. Elle change les chaussures, l'étole, les bijoux, et hop ! Vraiment, ce n'est pas la même culture. Moi, avec tous leurs froufrous, j'ai l'impression d'être à mardi gras ! Mais ça m'embêterait d'être vue avec la même robe à chaque cérémonie... Non, vraiment, les cultures... Cela dit, elle sort tous les soirs. Elle ne peut tout de même pas avoir 365 robes un quart !

— C'est sûr.

— Donc je voulais une petite chose toute simple. Je suis française, moi. Je fais très française dans cette robe, n'est-ce pas ?

— Qu'est-ce qu'elles regardent, les deux, devant la porte ?

— Je ne sais pas...

— On a un truc bizarre ? Fais voir ?... Non, t'as rien de bizarre.

— Toi non plus...

— J'ai pigé : elles se croient chez Chanel.

— Ah, tout de même ! Grands dieux, nous attendons devant chez vous depuis une éternité !

— Vous ne savez pas pousser une porte ?

— ... ?

— Il n'y a pas de portier, ici, mesdames.

— Non ? Incroyable ! Vous entendez ça, Hermine ? Il me faut une tasse de thé, je suis frigorifiée ! Et de l'eau. Venez, Hermine, asseyons-nous un instant, je suis si contrariée... Seigneur ! Changez-moi tout de suite cette eau croupie ! Et apportez-nous des verres !

— Double cas soc' en vue, tribu « Princesses »...

— Je vais déjeuner !!!

— Il n'y a que vous, comme hôtesse ?

— Je suis la seule libre, effectivement. Vous voyez, nous avons une certaine affluence.

— Nous avons au moins besoin d'une vendeuse chacune !

— C'est impossible pour l'instant. Mais je vais me couper en quatre pour vous satisfaire.

— Grands dieux... Où sont vos salons d'essayage ?

— Ici, mesdames. Installez-vous.

— Mais... Il y a quelqu'un !

— Les cabines sont collectives.

— Hahaha ! *Very funny*.

— Je ne plaisante pas...

— Mais qu'est-ce que c'est que cet établissement ?

— Vous n'êtes pas obligées de rester, mesdames. Nous ne sommes pas une maison de haute couture, vous savez. Ce n'est pas le même service, mais ce ne sont pas les mêmes prix non plus...

— Hermine... Je t'en prie, allons-nous en. Cet endroit me donne la chair de poule.

— Il y a tout de même cette fourrure vigogne, en vitrine... Maude, j'aimerais la passer.

— Oui... ?

— Oui.

— ... Mademoiselle, libérez-nous une « cabine ». La plus grande, bien entendu.

— Il va falloir patienter un peu... Je suis navrée.

— Libérez-nous cette CABINE !!!

— Alerte à toutes les unités : nous sommes actuellement contraints d'interdire l'accès à la cabine 3...

— Apportez la fourrure de mon amie. En ce qui me concerne, je veux voir toutes vos robes.

— Toutes... ?

— Toutes. J'aimerais également une autre tasse de thé. Disposez.

— Tu vas voir : dans cinq minutes, elles m'envoient chez Ladurée acheter des macarons.

— Bonjour. Je cherche un modèle de l'hiver dernier... Une robe en dentelle de laine.

— Ce genre de chose ? Des robes en tricot ?

— Non non non, il y avait un fond de robe dans une autre matière et par-dessus, une dentelle de laine.

— Je ne vois plus du tout ce que c'était. Enfin, peu importe : nous n'avons plus rien de l'hiver dernier. Tout est là.

— On ne peut pas regarder dans le book ?

— Ça ne figurera pas dans le book actuel, puisque vous cherchez un modèle de l'an dernier.

— Eh bien, regardons dans celui de l'an dernier ! Vous avez des archives, je suppose ?

— Oui... Mais je ne comprends pas très bien... De toute façon, nous n'avons plus le modèle, alors à quoi bon ?

— Je veux voir.

— Allô Sam ? Ça t'embête de me sortir le book de l'hiver dernier ?

— Pour quoi faire ?!

— Mademoiselle ? Mon amie voudrait une autre tasse de thé... chaud, de préférence !

— Je ne trouve pas cette robe en dentelle, je suis désolée.

— Je l'ai vue ! Je m'en souviens très bien !

— Je vous crois, madame... Simplement, je ne la trouve pas. Et même si on retrouvait le dessin, vous ne pourriez pas acheter la robe... Donc je ne saisis pas le but de l'opération. Sachant que j'ai du monde, là...

— Ah ! Donnez-moi ça !

— Mademoiselle ? Nous prenons la fourrure, ces trois robes, le sautoir – vous en auriez un autre, je vais l'offrir ? Le trench en cuir... Ainsi que... Hermine ? Je ne sais plus...

— Le petit tailleur en crêpe ?

— Oui, le tailleur, les bottes rouges, ces escarpins... Le 39, n'est-ce pas ? Le 38 est trop juste. Et je voudrais également une dizaine de ces T-shirts sérigraphiés... Pour mon œuvre de charité, ce sera formidable. Et le twin-set en cachemire, toutes les couleurs, hormis le marron. Voilà, nous avons fait le tour... Emballez-nous tout cela, nous sommes descendues au Crillon, Suite Royale.

— Je vais voir si c'est possible... Nous ne livrons pas, en principe.

— Je ne veux pas le savoir. Et accompagnez-moi aux commodités.

— Ah ça, le thé...

— Je vous demande pardon ?

— Non, non, rien... Venez avec moi.

— Y'a une mémé dans la 1... Elle prend du 34 alors qu'elle fait du 38, et elle se remonte la jupe taille basse jusque sous les nichons. Un vrai carnage.

— Mais... où allons-nous, comme ça ?

— Je suis désolée, nos toilettes sont au sous-sol. Elles sont interdites aux clients, normalement.

— Dieu du ciel... Quel bazar ! Je vais me casser un talon, dans votre escalier...

— Louise, je vais déjeuner. Bonjour madame.

— O.K. Fab. À tout à l'heure.

— ... Seigneur ! Qu'est-ce que c'était que ce... truc ?

— Quoi donc ? Ce qu'il portait ?

— Ah, d'accord. C'est *il*... Je ne comprenais pas si c'était une fille ou un garçon, vous imaginez ?

— Madame, sauf votre respect, mon collègue, ce n'est pas un truc. Les toilettes sont là.

— Bien aimable.

— Diane ? **J'ai deux princesses sur les bras... Elles veulent être livrées à leur hôtel. C'est possible, exceptionnellement ?**

— Merde, elles nous saoulent, elles ne peuvent pas porter leurs paquets toutes seules ?!

— **Chut... La pire est aux toilettes...**

— **Qu'est-ce qu'elles ont pris ?**

— **Tous nos salaires réunis... sur six mois.**

— Engage un coursier.

— Ils ont perdu un manteau, à la retouche. Paraît que c'est tombé du camion.

— Voilà mesdames. Vous serez livrées ce soir à votre hôtel. Avec nos compliments.

— Vous avez de jolies choses mais le service laisse vraiment à désirer !

— Tu crois qu'elles sont comme ça parce qu'elles sont riches, ou qu'elles sont riches parce qu'elles sont comme ça... ?

— Je fais un tour, d'accord ?

— Faites, madame, faites.

— Oh là là, qu'est-ce que c'est cher... Bon sang, elle exagère !

— Nous sommes une marque haut de gamme…

— Je ne suis pas née de la dernière pluie, miss, je m'habille chez elle depuis des années. Mais tout de même, je trouve tout cela hors de prix ! Non mais regardez ! Ces jupons ! 215 euros ?!!! On trouve les mêmes sur le marché !

— Je ne pense pas… C'est de la soie sauvage.

— Hum… Ce que vous essayez, là, madame, c'est joli…

— N'est-ce pas ? Je viens exprès du 13ᵉ pour l'acheter, ils ne l'avaient plus là-bas ! Je l'adoooore.

— Oui, mais alors ça… Faites voir… QUOI ? 275 euros ?!!! Pour un cardigan ?! C'est démentiel ! En plus, si je peux me permettre, je trouve qu'il vous serre. Là, vous voyez… ? Il vous marque.

— Ah bon ? Vous trouvez ?

— C'est de l'alpaga, mesdames… C'est la laine la plus luxueuse…

— Franchement, les gens font ce qu'ils veulent mais tout de même, on a des choses plus importantes à faire dans la vie que de mettre 2 000 francs dans un pull ! Non ? On frise l'indécence !

— …

— **C'est vrai… ? Il me boudine… ?**

— Pas du tout, la taille est parfaite.

— Vous n'avez pas plus grand… ?

— Non. Mais il est parfait, je vous assure.

— Et ça ! 110 euros un bout de coton ?!!! Elle est cinglée.

— Madame, vous vouliez quelque chose en particulier, peut-être… ?

— Non, je regarde. Je cherche mon cadeau de Noël, pour tout vous dire. Je repère. Mais vraiment, qu'est-ce que c'est CHER !!!

— **C'est vrai qu'il est cher, ce cardigan…**

— C'est une valeur sûre, madame. Il tient extrêmement chaud et vous le garderez des années…

— Et ça, ça coûte combien ?

— 95 euros.

— Hein ?! C'est du T-shirt ! Oh ! Seigneur ! Ce n'est même pas « made in France » !

En plus, elle fait toujours la même chose. Je me demande pourquoi je viens encore !

— Oui, ça, on se demande…

— Bon, j'ai vu, hein. Je reviendrai peut-être. Merci !

— Mademoiselle… ? Le cardigan en alpaga, je vais réfléchir, finalement…

— Pourquoi il n'y a plus personne, tout à coup ?!

— Excusez-moi… Ça ne va pas se détendre ?

— (Au secours !)

— Pitié Benji, coupe cette musique, je vais me pendre !

— Je suis indécente, dans cette robe ?

— **(Courage, Louise, on se retient.)**

— Oh ! Regarde comme c'est beau, le coucher de soleil dans la verrière ! Ça fait une lumière de cathédrale.

— Je doute que les anges soient venus jusqu'ici...

— Fab ? Qu'est-ce que tu fabriques ?!

— Un truc de yoga que m'a conseillé l'ostéo. T'appuies sur ta tête avec tes mains et tu repousses tes mains avec ta tête. Essaye.

— We want to trrry the gold trrrrench in frrrront of yourrrr shop. And the leatherrrr black suit.

— Yes, of course. But we'll close in five minutes.

— We want to trrry. Tax free ?

— Devine qui j'ai vu à la caisse ?

— ... ?

— Francis Huster. Il a vachement grossi.

JEUDI

VENDREDI

— Ça fait dix minutes que je poireaute dans le froid ! Tu ne m'as pas entendue sonner ?

— Non.

— Bien sûr, Benji. Et mon cul, c'est du poulet.

— Je t'assure, Louise, j'ai pas entendu.

— Mon vieux, faut arrêter la branlette !

— Qu'est-ce qu'elle a, en ce moment ? Elle est infernale.

— « Syndrome de la maîtresse ».

— Hein ?

— Elle culpabilise.

— Bonjour, je voudrais un trench.

— Oui, madame. Il existe en noir, mastic ou brun.

— Mastic. Le vrai trench, quoi.

— D'accord. Je vous l'apporte.

— Fabrice a appelé. Il est malade…

— Tu crois sincèrement qu'il a peur du fantôme ?

— Tu parles ! Il a peur du rush de Noël, oui !

— Alors ?

— Non. C'est vraiment trop… trench.

— Caro ? Il y a une dame au téléphone… Elle cherche la vendeuse qui l'a servie hier. Une black… enceinte de quatre mois.

— Bon Dieu, j'ai grossi à ce point ?!

— Le mohair ça grattouille l'angora ça peluche la soie c'est fragile le cachemire ça fait des bourres et le mérinos ça rétrécit.

— Vous êtes sûre que vous voulez de la laine ?

— On peut raccourcir ? Je voudrais des manches trois quart.

— Je suis désolée, ce n'est pas possible.

— Qu'est-ce que c'est que ces sornettes ? Et pour quelle raison, je vous prie ?

— Ça changerait le modèle. La retouche refuse de changer les modèles. Mais nous avons d'autres vestes avec des manches plus courtes... Vous voulez voir ?

— Non. Je veux cette veste, avec des manches trois quart.

— Oui, mais je vous explique : elle a été dessinée avec des manches longues. Donc, en faire une veste à manches trois quart, ce serait changer le modèle. Et nous n'avons pas le droit de changer les modèles, vous voyez ? Si la styliste avait voulu que cette veste soit à manches trois quart, elle l'aurait conçue avec des manches trois quart... Regardez, au contraire, elle a les manches très longues, que vous pouvez retourner comme ceci...

— Non, c'est moche, mes bras font disproportionnés !

— C'est le modèle, madame...

— Je la connais, moi, la créatrice ! C'est une toute petite femme. Alors quoi ? Il faut être top-modèle pour porter ses collections ? Elle ne veut habiller ni les petits, ni les vieux, ni les gros ? C'est de la discrimination ! Bravo, en voilà une façon de traiter sa clientèle !

— Je ne vous dis pas que je suis d'accord ou que c'est intelligent, je vous explique seulement ce qu'il en est... Elle aime les manches très longues, c'est ainsi.

— Eh bien, elle fait ce qu'elle veut, mais elle n'a pas à imposer sa toquade au monde entier !

— En même temps, c'est le principe d'une styliste, d'imposer son style... Les gens qui s'habillent chez elle viennent aussi pour ça.

— Vous insinuez que je devrais m'habiller ailleurs ?

— Ce n'est pas ce que j'ai dit, madame... Écoutez, en ce qui concerne la transformation, c'est impossible chez nous. Mais rien ne vous empêche de la faire faire par quelqu'un d'autre.

— Et payer mes ourlets ?! Quand on vend à un tarif pareil, j'estime que le client a tous les droits ! Je vais faire un courrier, moi, c'est complètement surréaliste !

— Faites un courrier, madame, c'est une bonne idée. Mais pour l'instant, ça ne sert à rien de discuter des heures de quelque chose que je ne peux pas changer... Vous désirez voir d'autres vestes dont la coupe vous conviendrait mieux, peut-être... ?

— Oui ? Une coupe pour naine ?!

— Je suis devenue vachement plus polie depuis que je fais ce métier.

— Bonjour, je veux du cuir... La mini-jupe, là, dans la vitrine... Vous avez du 44 ?

— ▶▶ **J'veux du cuir, pas du peep-show, du vécu,** ♫ **J'veux des gros seins des gros culs hein hein...** ▶▶|

— Alors, Louise ? Ça t'a fait du bien, ce jour de congé ?

— Ménage, lessive, courses. D'anthologie.

— S'il vous plaît, je cherche un manteau…

— Bien sûr, madame. Vous aviez une idée précise ?

— Pas vraiment. J'attends vos conseils.

— D'accord, venez avec moi. Nous allons faire une petite visite guidée. Pour commencer, nous avons celui-là…

— Ah non, pas de noir ! Je préférerais du beige… ou du marron. Et puis je crains les formes croisées.

— D'accord. Celui-ci, chocolat… Il a une coupe très classique, tout à fait intemporelle.

— Oui, c'est joli. Qu'est-ce que c'est comme matière ?

— De la laine. Il y a 50 % d'angora, c'est ce qui lui donne ce toucher cachemire.

— Mais il n'y a pas de cachemire ?

— Non. Il est composé pour moitié d'angora et pour moitié de laine vierge.

— Vous avez d'autres couleurs ?

— Gris, et beige.

— Pourrais-je le voir en beige, également ?

— Bien sûr. Je vais vous installer en cabine et vous apporter tout ça. Vous connaissez votre taille ?

— Non, je ne sais plus...

— Vous devez faire un 40... Voilà. Asseyez-vous madame, je vous en prie. Je reviens tout de suite.

— Eh, attendez ! Vous vous appellez comment ?

— ... Louise. Je m'appelle Louise.

— **Alerte cabine 2 : ça pue le client-mystère !**

— Alors ? La taille vous semble bonne ?

— Je crois... Qu'est-ce que vous en dites ?

— Il est parfait.

— Même si je mets un gros pull ?

— Tout à fait. Vous désirez passer un gros pull, pour vous rendre compte ?

— Oui, je veux bien.

— Caro, tu peux me trouver un « Heïdi » noir en taille M ?

— Yes. J'arrive.

— C'est imperméable ?

— Ce genre de lainage est légèrement déperlant. En tout cas, ça ne craint pas la pluie, mais ce n'est pas imperméable au sens strict. Pour avoir une réelle imperméabilité, il faudrait voir du côté des trenchs, les matières contenant du caoutchouc. Mais ce n'est pas le même usage, cela tient beaucoup moins chaud.

— Je vois… Non, je cherche vraiment un manteau. C'est joli, cette doublure. Qu'est-ce que c'est ?

— Du satin de polyester.

— Et pour l'entretien ?

— Nettoyage à sec. Vous êtes condamnée au pressing…

— C'est embêtant !

— Comme tous les manteaux, madame… Ah, voici ma collègue avec le gros pull. Merci Caroline.

— Je t'en prie.

— Mais elle est où, Diane ?! Un peu de renfort, ce ne serait pas du luxe !

— Elle médite au bureau sur nos heures de déjeuner de la semaine prochaine.

— En fumant des clopes ?

— En fumant des clopes.

— *Louiiiise*... ?

— Oui, madame, j'arrive... Alors ? Qu'est-ce que ça donne ?

— Je me sens un peu à l'étroit...

— Tu t'en sors ?

— Je pense : 100% 100% 100%...

— Vous voyez, en 42, c'est moins féminin.

— C'est vrai. Mais l'autre me comprime la poitrine...

— Nous vous avons donné le plus gros pull que nous ayons, pour que ce soit extrême. Vous portez vraiment des pulls de cette ampleur ?

— Je ne sais pas...

— Vous vivez en France ?

— Oui.

— Il fait rarement – 20°, ici. Le manteau est très chaud, donc vous porterez sans doute des choses relativement fines, en dessous.

— Vous avez raison. Peut-être vais-je passer le 40 en noir ? Pour me faire une idée ? Avec un petit pull ?

— Bonejourne yélou na poule yolette dan courrydour perce quoué mafiz woué tante hut.

— Yes madam. Could you speak English, please ?

— Alors ?

— Je crois que j'aime autant le beige… Je cherchais un manteau beige… Mais j'hésite avec le marron.

— Pour moi, le marron vous va mieux au teint. C'est plus lumineux.

— Peut-être…

— Benji, Caro ? Venez voir. Madame hésite entre le beige et le marron.

— Je préfère le marron, pour vous.

— Oui, moi aussi. De surcroît, c'est moins salissant.

— Et puis c'est plus moderne. Le chocolat est vraiment en vogue cette saison.

— Il fait quel prix ?

— 525 euros, madame.

— D'accord. Il vous en reste quelques-uns ?

— Les 40 partent très vite... Je crois que c'est le dernier.

— Bon. Je vais réfléchir. Merci de votre aide, jeunes gens.

— Très bien... Au revoir...

— Bon, ben c'était pas elle...

— T'es sûr ?

— Ils achètent, les clients-mystère. Les fringues leur sont offertes et puis ils doivent noter l'encaissement. Elle était juste... chiante.

— Ça soûle ce truc, on devient complètement parano !

— Vous êtes du magasin ?

— (Non non, je fais de l'origami sur T-shirt.)

— Ah, tout de même ! D'habitude, on vous saute dessus et là, nous ne trouvions personne pour nous renseigner !

— Je vous écoute, mesdames.

— Je cherche un corsage pour ma petite-fille. C'est son mariage civil.

— Félicitations, mademoiselle !

— …

— J'ai repéré ceci. Je lui ai acheté cette jupe, à côté. Vous pensez que ça ira ensemble ?

— Oui, tout à fait. Il faut essayer.

— Qu'est-ce qu'elle devra mettre en dessous ? J'aime bien le côté macramé, mais c'est trop ajouré.

— Un petit top couleur chair. Je vais vous en apporter un, mademoiselle…

— Ah oui, mais cela ajoute au coût, si je dois acheter une liquette en plus du reste !

— C'est une petite chose de lingerie, ce n'est pas très cher. Cela dit, c'est facile à trouver. Chez H&M ou chez Zara... Vous n'êtes pas obligée de le prendre chez nous.

— Ouuuhhh, je ne sais plus. Il faut que je calcule.

— **C'est comme tu veux, mamie...**

— Bon. Essaye le corsage, on verra après. Ahhh, et puis dépêche-toi, j'ai mal au dos !

— **D'accord, mamie...**

— Putain, une grand-mère comme ça, je préférerais qu'elle crève !

— T'es affreuse, Caro.

— Non mais franchement... La fille, c'est son mariage, elle a l'air traumatisé.

— La méchanceté, ça conserve...

— J'ai vu un pull avec « Minette » marqué dessus. Il est où ?

— ... ? Non, madame, nous n'avons jamais eu de pull marqué « Minette ».

— Si. Comme c'est mon surnom, je trouve ça amusant. Je veux l'acheter.

— Vous devez faire erreur, je vous assure.

— Vous me traitez de folle ?

— Pas du tout, madame... Mais vous devez confondre avec une autre marque.

— Un pull en laine grise, « Minette » brodé avec des paillettes !!!

— C'était quand ?

— Je ne sais pas ! Deux semaines !

— Non, vraiment, je vous assure, c'était ailleurs.

— Bon Dieu ! Je sais ce que je dis !

— C'était peut-être en face... ? C'est leur genre de faire ce type de vêtements...

— Vous êtes débile ou quoi ? Je vous répète que je l'ai vu ici.

— Madame, ne me parlez pas sur ce ton...

— Je vous parle comme je veux. Trouvez-moi ce pull.

— Il n'existe pas... Pas chez nous... Nous n'avons jamais eu de pull brodé « Minette »...

— Vous vous foutez du monde ? Vous n'êtes qu'une SALE menteuse ! Dites-moi que vous avez oublié, que vous ne l'avez plus ou que sais-je, mais ne me mentez pas, espèce de petite salope ! NE ME MENTEZ PAS !!!

— Qu'est-ce qui se passe, ici ?

— Vous êtes la responsable ?

— Oui, madame. Je peux vous aider ?

— Je veux acheter un pull et votre employée refuse de me le vendre.

— Louise ? Qu'est-ce que c'est que cette histoire ?

— ... Madame cherche un pull avec « Minette » brodé dessus...

— Oui ? Je suis navrée, mais nous n'avons jamais eu d'article correspondant à cette description.

— Oh ? Ça devait être ailleurs, alors... J'ai dû me tromper. Désolée... Au revoir, mesdames.

— **Je vais fumer une clope.**

— Cette jupette, vous ne la feriez pas chez les enfants ? En 6 ans ?

— Je ne pense pas, madame. L'imprimé léopard, c'est un peu sexy pour une petite fille, non... ?

— Quel dommage ! J'adore quand on joue aux jumelles !

— Alors tu vois, je vais mettre tout le PS22 en facing à l'entrée avec le thème Week-end à Rome, le W212 dans le SF44 et la série Alien dans le couloir, au-dessus du Z2000, on installe le thème Pin-up avec le denim brut, plus plein d'access' dans le genre néoromantique. Ça va être complètement baroco-pop !

— Bahhhh, ce chemisier ! On dirait que j'ai un cou de poulet !

— Bonjour, je viens chercher une retouche... Madame Mazarin.

— Oui, je me souviens. La petite robe noire... J'arrive.

— PFFFFFFFFFF ZE RENTRE DANS LE SAS DE DÉCOMPRESSION !!!!

— Quentin... Viens ici... Ça va, mademoiselle ? Vous avez une petite mine.

— Louise... Excuse... Ça t'ennuie d'essayer le mini-short, pour Monsieur... ? Sa femme est comme toi...

— Y'a des tailles, pour la chapka ?

— Claire, attention : regarde, ça se découd déjà.

— Ah ben oui : « made in China »...

— On ne peut même plus demander à un enfant de cinq ans de coudre correctement une boutonnière ?!

— Oh, Gigi, tu es scandaleuse.

— Dites, il est en quoi, ce pull ?

— En poils de yak.

— Sans déconner ?

— Louise, tu me gardes la caisse ? Je vais pisser.

— Qu'est-ce qui t'arrive aujourd'hui Benji ? T'as la prostate ou quoi ?

— Je suis naze. C'est le seul endroit où on a le droit de s'asseoir !

— Je vais à la télévision, ce soir. Chez d'Arvor ! Je sors de chez le coiffeur... Ils m'ont fait trop courte, non ?

— Je ne vous connaissais pas avant, mais je trouve que ça vous va bien.

— Bientôt, tout le monde me connaîtra. Camilla Saint-Antoine, rappelez-vous bien ce nom !

— J'essayerai, madame. Vous avez écrit un livre ?

— Oui. *Lucifer s'habille en Saint-Laurent.* Vous verrez ! Le prochain best-seller.

— Tant mieux, je suis contente pour vous. Je peux vous aider, sinon ?

— J'ai réservé une robe.

— Mme Saint-Antoine, donc… Très bien, je vais voir.

— Non… C'est au nom de Mme Charpente.

— Oh. Vous avez pris un pseudo ?

— En effet. Le nom de mon chien, et celui de ma rue. C'est une technique reconnue pour trouver un nom de scène.

— Moi, ça ferait Buffy Bitche. Peut-être si je faisais du porno…

— Vous l'avez vu vert, madame, mais il n'est pas vert. Il est bleu. Il a toujours été bleu. Il sera toujours bleu. C'est la lumière.

— Quelquefois, j'ai la sensation d'être un 33 tours rayé.

— Je viens échanger ces trucs.

— Oui, mais... Vous les avez portés...

— Et alors ?

— On n'échange pas les vêtements portés.

— Quoi ? Ils ne sont pas abîmés, que je sache ?

— Madame... Vous auriez au moins pu les laver... Regardez, les auréoles sous les bras, ce n'est pas...

— Taisez-vous immédiatement, gamine, vous ne savez pas à qui vous avez à faire.

— ... ?

— Je suis de la famille de la créatrice. Sa cousine, pour tout vous dire. Reprenez-moi ça. SUR-LE-CHAMP.

— Quand est-ce qu'on fait grève ?

— Allô Sam ? Pantacourt « Bambi » coloris « Glitter » taille 40 x 2, chemise « Bûcheron » taille 40 x 2, pull-over « Manga » en L555 coloris « Bonbec » taille L x 2, boots « Maréchal-ferrant » pointure 41 x 2.

— Je regarde... C'est pour un spectacle comique ?

— Non. Des jumelles.

— Bonjour je cherche depuis des années un pantalon en velours pas taille basse pas de lycra je suis allergique vous auriez un pantalon pas taille basse sans lycra en velours j'ai bien dit : en velours et surtout sans lycra je suis allergique n'importe la forme n'importe la couleur velours lisse velours côtelé n'importe mais pas taille basse pas de lycra suis-je claire ?

— Très claire madame, j'ai votre bonheur. Ne bougez pas.

— Tu crois qu'ils engagent des psychotiques, au client-mystère... ?

— Voilà !

— Non il y a des poches pas de poches je ne veux pas de poches.

— Vous m'avez dit : n'importe la forme…

— Pas de poches non pas de poches. Sans lycra ?

— Oui, sans lycra… J'ai celui-ci, sans poche.

— Pas taille basse pas de lycra ?

— Pas taille basse, pas de lycra.

— Violet je ne veux pas ça fait funéraire pas de violet.

— Vous m'avez dit : n'importe la couleur…

— D'autres couleurs sans poche pas taille basse sans lycra ?

— Celui-ci existe aussi en vert.

— Non trop mortuaire je ne veux pas de vert non merci pas de vert.

— Alors en dernier recours, j'ai celui-là…

— Côtelé ? Non ce n'est pas ce que je veux lisse marron sans poches lisse pas taille basse sans lycra et puis droit pas évasé j'ai bien dit : droit.

— Alors je suis navrée madame... Je n'ai pas votre bonheur.

— Mademoiselle, s'il vous plaît...

— Oui ?

— Vous n'auriez pas le même avec des manches longues et un col rond ?

— Non madame... Mais il vous va très bien, c'est féminin, le décolleté.

— J'ai la peau qui tombe de partout... Voyez, mes bras... Des ailes ! Et toutes ces taches...

— Vous vous faites des idées.

— Bien sûr, à votre âge, on n'est pas complexée. Regardez-moi ça, une vraie poupée...

— Détrompez-vous. Je focalise sur mon nez.

— Qu'est-ce qu'il a, votre nez ? Il est très joli !

— C'est bien ce que je dis. Votre décolleté aussi est très joli. Nous sommes folles, c'est tout.

— Merci jeune fille. Vous venez d'ensoleiller ma journée.

— Louise, on a retrouvé une paire de lunettes de soleil ?

— Je n'ai rien vu... Vous étiez dans quelle cabine, madame ?

— Celle-ci ! La plus grande !

— Non, je suis navrée... On vient de tout débarrasser. Vous les avez peut-être oubliées ailleurs ?

— Hum ! Il y avait deux pimbêches avec moi... À coup sûr, elles m'auront volée ! Avec vos satanées cabines communes !

— On va prendre vos coordonnées, au cas où on les retrouverait...

— Bon sang ! Mes Dior collector... ça fait cher le T-shirt !

— Rideau. **Tirez-vous tirez-vous tirez-vous,** la CB de papa marchera toujours demain ! J'ai rencard, moi !

— Non ?! Ton fameux mec ? Il a enfin rappelé ?

— Mieux vaut tard que jamais... Par contre ce soir, je ne couche pas, cocotte. Rideau bis.

— Mais enfin, Caro, il ne va rien comprendre...

— M'en fous, faut pas pousser mémé dans les orties. Et moi au moins, je brise pas les ménages.

SAMEDI

— Alors... Je vais payer un quart en liquide... Attendez, je compte... Mmmmm, voilà. Et puis le reste avec cette carte... Non, en fait, divisez encore par deux, je vais régler l'autre moitié avec l'AmEx. Bon... Et pour le dernier quart, on peut faire un chèque différé ?

— Qu'est-ce que vous foutez ? Caissière, c'est quand même pas compliqué !

— Mais prenez ma place, mesdames, je vous en prie... !

— **Ben moi, je ne sais même pas faire marcher le magnétoscope, alors...**

— Ah, Fabrice ! Te revoilà parmi nous ?!

— Je vous préviens tout de suite : je ne descends pas au stock, moi.

— Le film dont vous faites la promo sur votre mur, je l'ai vu, hein. C'est affreusement chiant.

— Chacun ses goûts, madame. J'ai bien aimé, moi.

— Si vous avez des goûts de chiottes…

— Ah, samedi, vénérable samedi. Ô joie intense et permanente ! Ô monde merveilleux de l'entreprise !

— Alors, Caro, ce rendez-vous ?

— …

— Tu sais, il y a des mascaras waterproof, des tissus waterproof, des peintures waterproof. Toi, faudrait que tu sois connardproof.

— C'est qui, la petite qui replie tous les pulls là-bas ? Elle se prend pour une vendeuse ou quoi ?

— *C'est* une vendeuse, Fab. Une nouvelle extra. Je crois qu'elle s'appelle Ly-ohm, un truc comme ça. Elle est japonaise.

— Elle parle japonais ? Je la vénère déjà ! Attends, je vais faire connaissance.

— Whhhhaaaa Lee-One, c'que t'as des p'tits pieds ! Ça doit être galère, non ?

— Nous n'avons plus cette robe en 38, madame. Je suis désolée. En revanche, je peux vous la réserver Place d'Italie.

— Ah non ! Hors de question que j'aille dans ce quartier pourri ! Faites-la moi venir ici.

— Il n'y a plus de transferts entre les boutiques, madame. Il faut vous déplacer, je suis navrée. C'est à dix minutes en métro...

— En... métro ?! Vous m'avez bien regardée ? J'exige qu'on me paye un taxi !

— Mademoiselle ? Oui, vous, la blonde... Je voudrais essayer ceci. Et puis ceci... 40, n'est-ce pas ? Venez, à l'entrée... Ceci également... Les chaussures, là... Hum... Qu'ai-je vu d'autre... Ah oui, cette veste... Le pantalon et la jupe assortis... Cette ceinture... Revenons dans le couloir, j'ai oublié quelque chose. Voilà, la peau retournée, ici, en présentation...

— Je vais vous installer tout ça en cabine, madame, nous continuerons ensuite, d'accord ? Je ne peux plus porter, là...

— Oh ! quelle petite nature ! Vous devriez faire un peu plus de sport. Moi, je vais au fitness tous les après-midi. Ça me fait un bien, vous n'imaginez pas !

— Heureusement que je suis amoureuse.

— T-shirts ! Kawaï ! We want !

— Yes... Which one ?

— All ! Gifts ! Gifts !

— Kawaï, c'est le seul mot de japonais que je connaisse !

— Eh ! Lee-One ! Tu veux bien t'occuper de tes compatriotes, là-bas ?

— Je m'appelle Li-Ann, Fabrice. LI-ANN, O.K. ?!

— Ouh là... Petit mais costaud...

— AAAAAAAAAAHHHHHHHHHHHHHH!

— Qu'est-ce qui se passe, encore ?!

— Je vais voir...

— Bonjour, je viens débarrasser la cab...

— Tu te fous de ma gueule ? Quesse tu fais là ?!

— Comme toi, ma fille. Du shopping !

— Ouais, bien sûr ! Ça t'a pas suffi de me piquer mon mec, maintenant tu veux t'habiller comme moi ? T'as pas de personnalité ou quoi ?!

— Eh, grognasse, tu te calmes !

— Mesdemoiselles... S'il vous pl...

— Sale pute ! T'es qu'une SALE PUTE ! TIRE-TOI D'ICI !

— ARRRRRGGHHHH !

— Fab, vite, vite, y'en a deux qui s'étripent dans une cabine... J'appelle le vigile...

— LÂCHE-MOI PÉTASSE ! Martin, il t'a plaquée parce que t'étais trop CONNE ! Tu sais comment il t'appelle ?! Deux de Q.I. ! Ouais ! Parfaitement ! DEUX DE Q.I. !!!

— Ta gueule, saleté de morue !

— Deux de Q.I. deux de Q.I. deux de Q.I. !

— Je vais te TUUUUER !!!

— Arrêtez ! ARRÊTEZ ! Vite, sépare-les ! Mesdemoiselles ! MESDEMOISELLES ! CALMEZ-VOUS !

— Mon Dieu, que se passe-t-il là-dedans... ?

— Seigneur... Mais... **Elles se battent** ?

— EHHHHHH ! ARRGHHHHHH !

— Oh là là... Les gens sont fous... Mademoiselle ? Mais qu'est-ce qu'elles ont... ?

— Ce n'est rien, mesdames, nous nous occupons du problème...

— JE NE ME TIRERAI PAS ! T'AS QU'À TE TIRER, TOI ! Va retrouver mon mec, connasse ! J'étais là avant !

— Tu la ressens, toi aussi, l'emprise du boucher fantôme ?!

— Oh là là... C'est une crise de jalousie... ?

— ERGGGGGGGGGHHHHHHHH...

— Tu sais, ma cousine ? Elle avait failli se battre au mariage de Jacquot... D'une violence ! Quand elle a vu son ex-mari débarquer avec sa nymphette, elle n'a pas supporté. On a manqué la faire interner.

— Oui, je me souviens, Pauline m'a raconté... Viens, viens, allons voir !

— Non, mesdames, s'il vous plaît, poursuivez vos courses...

— Regarde, regarde, ils sont trois pour les maîtriser ! C'est fou ! Fou !

— Ah oui ! mais tu sais, les cœurs brisés... Ça rend braque, la passion !

— Mesdemoiselles... Nous allons appeler la police...

— EHHHHH ! FOUTEZ-NOUS LA PAIX ! ON DISCUTE, LÀ !

— Allez discuter ailleurs, s'il vous plaît. Vous faites peur aux gens...

— T'entends ça, pétasse ? On fait peur aux gens !

— Viens, grosse pute, on va s'expliquer dehors.

— Au revoir, mesdemoiselles... Bonne journée...

— Et Diane, elle est où ?!

— Elle fait des petits tableaux dans le bureau.

— En fumant des clopes ?

— En fumant des clopes.

— Il est vraiment temps que j'accède à un poste à responsabilités !

— Incroyable, tu as vu le monde que ça a rameuté ?

— Les humains sont des hyènes.

— Jeunes gens ? Je voudrais la robe qu'essayait la blonde !

— Elle l'a déchirée…

— Oh, c'est chouette ! Qu'est-ce que c'est excitant ! On se serait cru au cinéma ! Viens, viens, Martine, je suis tout émoustillée ! J'ai une de ces envies de dépenser de l'argent !

— T'as raison… Le shopping, c'est l'aventure.

— J'ai une photo à l'Assemblée nationale dans trente minutes je suis ministre je viens de tacher mon corsage !!!

— D'accord, d'accord, calmez-vous… Vous voudriez quelque chose de similaire ?

— Oui, oui, un chemisier blanc ! Hop, hop, on se dépêche !

— J'ai vu un docu hier soir sur une nouvelle maladie mentale. L'« overthinking ». C'est quand on réfléchit trop.

— Ouh… Flippant…

— Relaxe Fab, ça ne risque pas de t'arriver !

— Bonjour mesdames.

— Bonjour, nous venons pour ma fille. Elle a besoin d'une nouvelle garde-robe.

— Oui ? Vous avez repéré des choses qui vous plaisent, mademoiselle ?

— Ne vous occupez pas d'elle, c'est moi qui décide.

— Elle me semble assez grande pour choisir ce qu...

— Tssss ! Elle n'a aucun goût. Je me charge de la rhabiller.

— Tu vois, le grand Américain de tout à l'heure ?

— Eh bien ?

— Il vient d'en prendre pour 3 000 euros. Quatorze paquets-cadeaux.

— Bon sang, il a dû beaucoup baiser à Paris...

— Qu'est-ce que c'est que ce truc qui brille ? Non mais, vous vous fichez de moi, jeunes filles ?!

— Peut-être pas pour le bureau, mais... Mademoiselle, vous ne sortez jamais ? Je ne sais pas, vous n'allez pas dîner en ville, ou danser... ?

— Pas vraiment, non...

— Ma fille est une personne sérieuse, elle ne fréquente pas les lieux de débauche. Bon, écoutez, nous allons nous passer de votre aide. De toute façon, il n'y a qu'à vous regarder : vous êtes toutes vêtues comme des catins.

— Tu te rends compte qu'on est payé comme un éboueur ?

— T'abuses, Louise, c'est moins pire, quand même...

— Je ne sais pas. Au moins, les poubelles, ça ne parle pas.

— Mademoiselle ? Je cherche une veste en maille... Quelque chose de chaud, à mettre sous un manteau.

— Ces petits cardigans sont idéaux.

— Non, j'en ai assez de ces cachemires deux fils qui boulochent à peine portés ! Croyez-moi, jeune fille, un cachemire, il faut y mettre le prix. Regardez-moi ça, ce textile chinois... Il fiche le marché en l'air. Quand il n'y aura plus de travail ici, il ne faudra pas venir se plaindre... Et puis je n'aime pas le style « bourgeoise arrivée ». Ce petit blouson, en revanche, c'est joli.

— C'est du coton.

— Oui, je le vois bien, j'étais dans la mode vous n'étiez même pas née ! Mais la maille est de bonne qualité, au moins. C'est beaucoup plus sport, certes... Enfin, l'idée, c'est d'avoir une petite chose pour faire mes promenades sur la plage... Oui, j'ai une villa à Deauville. Vous connaissez, Deauville ?

— Un car d'allemands vient de débarquer.

— Y'a pas une contrepètrie dans cette phrase ?

— Euh... non.

— Ah bon ? Je croyais.

— Allô Sam ? J'ai besoin de cinq T-shirts « J'aime la mortadelle » en XXL !

— ...

— Sam… ?

— Ouais, Caro, je suis là. Je n'en ai que quatre.

— On est censé en avoir cinq…

— Ben je sais pas, moi, le boucher s'est peut-être servi !

— Qu'est-ce qu'il fait depuis une heure, ce type, avec son téléphone portable… ?

— Bon Dieu ! Appelle le vigile : espionnage industriel !

— Ahhhhh… Merci !

— Je vous en prie madame… Vous n'avez rien trouvé à votre goût ?

— Je ne viens pas pour acheter. Mais voir tous ces corps défraîchis à côté du mien, ça me remonte le moral ! Vos cabines communes, c'est ma cure de jouvence !

— Ça me coupe l'appétit, tiens.

— Je vous rapporte cette retouche, ça ne va pas du tout ! Il y a une jambe plus courte que l'autre !

— Ah ? Ça arrive quelquefois. Donnez-le moi, je vais mesurer pour voir s'ils auraient fait une erreur.

— Ce sera gratuit, n'est-ce pas ?

— Bien entendu, ne vous inquiétez pas. Voyons... Je ne comprends pas, les deux jambes sont ourlées exactement à la même longueur.

— En tout cas, sur moi, c'est une catastrophe.

— Repassez-le, je vais corriger le problème.

— Ils veulent que je fasse la formation caisse. Trop bien, la promotion : caissière.

— Regardez !

— Ah oui, en effet, c'est flagrant... Vous devez avoir un problème de hanches, ou bien une jambe plus courte que l'autre. Il faut nous le signaler dans ces cas-là : nous posons une épingle des deux côtés.

— Qu'est-ce que vous racontez ? Je n'ai aucun problème !

— C'est la seule explication, madame. Mais vous savez, c'est très courant.

— Mes jambes sont parfaites, et mes hanches aussi ! Non mais vous êtes folle ? À croire que je suis monstrueuse !

— Un léger décalage est fréquent, je vous assure. Personne n'est totalement symétrique...

— JE *suis* symétrique !

— D'accord. Peu importe, je vais retoucher la jambe droite pour qu'elle soit à la hauteur de l'autre. Heureusement, ma collègue avait fait l'ourlet bien long...

— Non, non, laissez tomber. Je veux que mes deux jambes soient de même longueur.

— Oui, mais ce n'est pas joli, là... Vous serez la seule à savoir qu'un ourlet est plus court que...

— Laissez tomber, j'ai dit ! Quelle horreur !

— Allô la caisse ? Benji, pitié, BAISSE LA MUSIQUE !

— Bonjour… Ce pull, il n'existerait pas sans paillettes ?

— Si, regardez : le voilà.

— Ce n'est pas le même !

— Ben non : il n'a pas de paillettes…

— Ah oui ! Mais du coup, ça n'a plus aucun intérêt…

— Alors Louise, ce déjeuner ?

— Il m'a dit qu'il m'aimait…

— Mazel tov !

— Depuis quand t'es juif, toi ?

— Depuis que je sors avec David. Vingt ans, abdos Merveilles du Monde, tu verrais ça, ma grande… Tout le monde n'est pas gérontophile !

— Oh, c'est bon ! Vous commencez à me soûler, là !

— Louise, arrête, c'était pour rire… Louise !

— Excusez-moi !

— … Oui…

— La pointure est bonne ?

— Je ne sais pas, madame, c'est vous qui les avez aux pieds... Bon. Asseyez-vous. Votre orteil est ici ?

— Oui...

— Vous ne touchez pas au bout ?

— Non...

— Elles ne vous serrent pas ?

— Non...

— Quand vous marchez, le talon ne décolle pas ?

— Je ne sais pas...

— Allez-y, marchez... Alors ?

— Non, ça va.

— Vous êtes bien ?

— Très bien.

— La pointure est bonne.

— S'il vous plaît : ce cardigan, il existe en quelles couleurs ?

— Noir, blanc, rose pâle, rose indien, rose fushia, bleu marine, bleu ciel... brique... marron... beige... vert d'eau, vert sapin... Enfin, ils sont tous là, vous voyez.

— Pas de bordeaux ?

— ...

— Mademoiselle ? S'il vous plaît ! Mademoiselle !!!

— J'arrive, madame.

— Pas de BORDEAUX ?

— Non, désolée. Le bordeaux n'est pas du tout à la mode, cette saison.

— Je voulais du bordeaux et on n'en trouve nulle part ! C'est vraiment la pensée unique !

— Tout est là, mad...

— Eh ! Vous venez, ou quoi ?!

— Le chemisier blanc, vous n'avez pas un autre modèle ? Celui-ci est trop court, c'est vraiment coupé pour des gamines !

— Allô la boutique ? Quelqu'un peut venir prendre un appel en caisse ?!

— Non Benji, on a trop de monde...

— Si je continue à faire douze trucs à la fois, je vais trouer le chiffre !

— Tu n'as qu'à passer Diane !

— Elle est où ?
— À ton avis... ?!

— Non ! Celui-ci est trop long ! C'est une vraie chemise d'homme. Vous n'avez rien entre les deux ?!

— Hep !
— ...
— Si je vous dérange, vous me le dites !
— Pas du tout... Je vous écoute...
— Vous avez levé les yeux au ciel !
— Mais non.
— Je vous ai vue !
— Je vous écoute, mademoiselle. Que puis-je pour vous ?
— Ce collier orange, dans la vitrine. Je veux l'essayer.
— D'accord. Je vais chercher la clé, une seconde.

— Louise, excuse... C'est toi qui t'occupes de la blondasse en 3 ?
— Oui... Enfin, je crois !

— Elle râle pour son jean taille 32...

— Mince, j'avais oublié. Attends, je prends la clé de la vitrine...

— Madame ? Le jean en 32. Désolée pour le retard.

— Eh ! Attendez !

— Oui... ?

— Je voudrais ce pull dans la taille au-dessus... Qu'est-ce que vous auriez comme jupe pour aller avec ?

— Je regarde. Je reviens.

— Allô Sam ? Pull « Boule-de-neige » en L...

— Hep !!! Mon collier, je l'avale ?!

— Pardon... Mince, où ai-je mis la clé... ? Ah, voilà... La serrure est difficile, on doit la faire réparer... Tenez.

— MADEMOISELLE ! Mon chemisier blanc !

— Oui, j'arrive...

— Fab, tu veux bien surveiller la fille avec le sautoir orange... ? La vitrine est ouverte... Je dois m'occuper de trois autres personnes, là...

— Moi aussi ! Ils nous soûlent avec leur politique « zéro engagement »... Merde, on n'est pas Shiva !

— Tenez, cette forme devrait vous convenir.

— J'espère bien ! C'est une vraie croisade pour trouver ce qu'on veut... Et puis nous ne sommes pas aidées !

— Tiens Louise, le « Boule-de-neige ».

— Merci Caro. Voilà madame. Votre pull en L...

— Vous pensez aux jupes ?

— Oui, oui... Vous pourriez faire un tour, vous aussi, pour regarder...

— Non, je préfère rester là. Il fait froid dehors. Tenez, le jean, je vous le rends. Ça ne va pas du tout.

— Hep ! Je prends le collier.

— D'accord… Euh… Excusez-moi, vous avez essayé le bracelet assorti ?

— Quel bracelet ?

— Fab… Il n'y avait pas un bracelet orange dans la vitrine… ?

— Si, pourquoi ?

— Mademoiselle, revenez !… Benji, tu as encaissé un collier « Agrume » ?

— Quand ?

— Là, maintenant !

— Non.

— MeeerrRRDE…

— Qu'est-ce qui se passe ?

— Je ne sais pas, Louise vient de sortir en courant !

— Une voleuse ?

— Je crois…

— Mais le vigile, il est où ?

— Il prend son goûter… Tiens, la revoilà… Alors ?! Tu l'as eue ?

— … Tu parles… Elle était déjà loin.

— Qu'est-ce qui se passe, ici ? Pourquoi tu es écarlate, toi ?

— Diane… On s'est fait piquer une parure « Agrume »… Je suis désolée.

— Tu as coursé le voleur ? Il ne faut jamais faire ça, Louise ! On n'est pas assuré pour toi, dehors !

— Si on était plus nombreux, ça n'arriverait pas…

— Allô la caisse ? Louise est avec vous ?

— … Oui…

— Il y a une blonde qui hurle au sujet de jupes…

— (Des jupes pour le pull « Boule-de-neige »… Des jupes pour le pull « Boule de…)

— S'il vous plaît, j'ai vu une robe dans *Femme actuelle*…

— Oui… Une jupe comment ?

— Une robe !

— Pardon. Une robe.

— En satin noir, avec des froufrous autour des boutons…

— Elle est au fond de la boutique, sur votre droite.

— Merci.

— Voilà madame, cinq jupes qui iraient bien avec le pull neige...

— J'ai changé d'avis. Je vais prendre ce pull-ci, finalement.

— Ah... Du coup, ma sélection devient caduque.

— Pauvre petite. Essayez de faire plus vite, pour la prochaine !

— Louise, ôte-moi un doute : ça ne fait pas vingt fois qu'on la replie, cette pile ?

— Tu connais, le mythe de Sisyphe... ?

— (Des jupes pour le pull « Soupir » des jupes pour le pull « Soupir » des jupes pour le...)

— Je ne trouve pas la robe de *Femme actuelle* !

— Là, madame. Là. Elle est là.

— Oups ! Il faut que je mette mes lunettes…

— (Des jupes pour le pull « Soupir » des jupes pour le pull « Soup…)

— Mademoiselle, ces bottes n'existent qu'en noir, n'est-ce pas ?

— … Oui madame.

— Zut. Pas de marron ?

— Non…

— Du beige, peut-être… ?

— Mais pourquoi vous voulez toujours des trucs qui n'existent pas ?!!! Y'a pas assez de choix ?!!!

— … Qu'est-ce qui vous prend… ?

— Excusez-moi madame… Je suis fatiguée…

— Louise ? On peut savoir ce que tu fais là ?

— Je fume une cigarette.

— Mais… Ce n'est pas l'heure de ta pause !

— Écoute, Diane, en haut c'est la jungle depuis ce matin. Je suis crevée. Il fallait que je fasse pipi et que je fume une clope.

— Écrase-moi cette cigarette. Tu imagines, si tout le monde faisait comme toi ?!

— ...

— Je suis choqué !

— Qu'est-ce qui t'arrive encore ?

— Là... Là... Dans la 2... Une vision d'apocalypse.

— ... ?

— Va voir ! Elle a au moins quatre-vingts ans, et des sous-vêtements... ! Incroyables !

— Fab...

— Du SM ! Je te jure ! Un string en latex rouge ! Et... Oh ! Mon Dieu, je ne veux pas en dire plus...

— Ben quoi ? Elle sait rester jeune !

— Excusez-moi, vous êtes ouverts demain ?

— Non madame. Jour du Seigneur.

— Oui, bon, je reconnais... La cabine 2, ce n'est pas beau à voir.

— BENJI !!! LA MUSIQUE !!!

— Samy chériiiii ? Robe « Balloon » coloris « Tomate » en M... ?

— Ouais, Fab, c'est bon !

— Il n'y a personne en bas... ?

— Non ! Viens la chercher !

— Pffff...

— Arrête de faire ta tafiole !

— Mais euhhh ! Je *suis* une tafiole !

— kaWAÏ !!!

— Messieurs dames, nous fermons...

— *Ouuuuuuuh... Chhhhhhhh... Ouuuuhhhhhhhh...*

— ... T'as entendu ?!

— C'est Sam qui joue avec l'interphone.

— Non... Je suis là...

— ?!!!

— Regardez... C'est joli... Ils ont illuminé la rue !

— Ouh là Louise, t'es vraiment trop romantique en ce moment. Je te jure, ça me fatigue.

— Eh oui, c'est fermé ! Pas la peine de faire des simagrées avec vos petits pieds devant la vitrine... C'est fermé !!!

— Benji... Je t'en supplie... COUPE CETTE PUTAIN DE MUSIQUE !

— Je viens de recevoir un fax. Il paraît qu'on a eu le client-mystère, aujourd'hui.

— Ah bon ? Je ne vois pas du tout qui ça pouvait être.

— Eh ben... Il était super compétent !

— Allô la caisse ?

— ... Oui Diane ?

— On a fait un bon chiffre ?

— Dément.

— Ahhhh ! Tant mieux... Je ne suis plus que l'ombre de moi-même !

— Chut. Taisez-vous.
— Quoi ?
— Le silence.

9161

Composition
NORD COMPO

Achevé d'imprimer en Espagne
par Litografia Roses
le 17 janvier 2010.

Dépôt légal janvier 2010.
EAN 9782290016145

ÉDITIONS J'AI LU
87, quai Panhard-et-Levassor, 75013 Paris

Diffusion France et étranger : Flammarion